Elfriede Ott

Hans Weigel quergelesen

Elfriede Ott

Hans Weigel quergelesen

Verlag Styria

Die Deutsche Bibliothek – CIP-Einheitsaufnahme

Hans Weigel quergelesen / Elfriede Ott. –
Graz ; Wien ; Köln : Verl. Styria, 1994
ISBN 3-222-12239-3

Printed in Austria
Umschlaggestaltung: H. Paar
(unter Verwendung eines Fotos von Friedrich)
Redaktion: Elke Vujica
Satz: Druck- und Verlagshaus Styria, Graz
Druck und Bindung: Wiener Verlag, Himberg
ISBN 3-222-12239-3

Unsere Gedanken wirken fort
in die Ewigkeit

H. W.

INHALT

I. Zeilen der Erinnerung ... 11

II. Nach wie vor Texte ... 47

1. Apropos Wörter, apropos Schriftsteller ... 49

Vom Bücherschreiben ... 50
Sprache als Schicksal ... 55
Die Bestseller-Umfrage ... 61
Vom Verschwinden der Bücher ... 65
Adalbert Stifter ... 68
Karl Kraus: Der apokalyptische Humorist ... 70
Arthur Schnitzler ... 73
Friedrich Torberg: Ein unbarmherziger Streiter und Feuilletonist mit Charme ... 76
Das Antiwörterbuch ... 80
Es wird gebeten, auf den Sport-Reporter nicht zu schießen! ... 86
Literaturlexikon ... 90

2. 1001 Premiere ... 93

Burgtheater ... 94
Sei, wie du bist! ... 97
Der Hüftstütz ... 102
Blick auf die großen Kleinen ... 104
Hans Moser: Die himmlische Erfüllung ... 109

3. Musik, die holde Kunst ... 113

Der glückliche Liebhaber ... 114
Vom Mißbrauch der Musik ... 119
Der Walzer ... 124
Die Cellisten und die Dermatologen ... 127

4. Kabarettistisches und Parodien ... 129

Notwehr und Widerstand ... 130
Gerichtstag vor 49 Leuten ... 131
Wiener Kleinkunst 1931–1938 ... 132
Das Buch der Bücher ... 133
Das Lied vom kleineren Übel ... 136
Wirtinnenverse, die österreichische Literatur betreffend ... 139
Bertolt Brecht im Fegefeuer ... 143
Via Mahler ... 145
Aus dem Zyklus „die beschirmung der mütze" ... 148
Dem fünfundsiebzigjährigen Erich Kästner ... 149

5. Vermischtes, Satiren, Blödeleien ... 151

Die Pointe ... 153
Der Wurstelprater ... 154
Requiem für einen Baum ... 157
Apropos Seele ... 157
De senectute ... 157
Lob des Hörfunks ... 160
Wie wird das Wetter? ... 163
Die Wetterhexe ... 165
Das elektronische Zeitalter ... 166
In-Zucht ... 168
Glanz und Elend des Journalismus ... 169

Umschreibungen ... 169
Spezialisten ... 170
Vom Blödeln ... 173

6. ... *unter Aussparung des Allzu-Privaten* ... 175

Ein bißchen Biographie ... 176
Die Eltern ... 180
Geburtstagsgruß an Chaplin ... 184
Rede an die Palästinenser ... 186
Kann man ruhig darüber reden? ... 189
Abreise und Wiederkehr ... 195

7. *Epilog* ... 202

Erst wann's aus wird sein ... 204
Epilog: Jakob Haringer ... 206

III. Zeilen der Erinnerung ... 211

Quellenhinweise ... 217

I.

Zeilen der Erinnerung

Wie kann man von einem Menschen erzählen, der so vielfältig war in seinen Interessen, in seinen Einfällen, der so ernsthaft und so ungeheuer witzig war, ein Meister des Ad-hoc-Witzes (Aussprüche, in der Sekunde geboren, wurden zu Lach-Witzen), der literarisch so bewandert war und trotzdem jede Art von Unterhaltungsartistik bewundert und verstanden hat, der Mozart und Schubert in sich hatte und die Werger und den Fendrich gewertet hat, und und und ...
Hans, was bist Du doch für ein besonderer Mensch gewesen – und Du bist es noch. Du bleibst. Von allen Seiten kommen Deine Gedanken wieder, kommt die Erinnerung an Dich: Du wirst zitiert, Du wirst „verwendet", aber niemand kann Dich richtig einordnen: in Deiner Liebe, Deinem Zorn, Deiner Zuneigung, Deiner Ablehnung, Deiner Zurückhaltung, Deinen Beschimpfungen, Deiner Großzügigkeit, Deiner Härte, Deinem Fleiß, Deiner Schweigsamkeit, Deinen offenen Armen, Deiner Verschlossenheit, Deinem Sarkasmus, Deiner Hilfsbereitschaft, Deinem Verstehen, Deiner Wärme, Deiner Kälte, Deiner Unnachgiebigkeit, Deiner Verläßlichkeit, Deinem Wissen, Deiner Kraft. Und das alles in zehnfacher Ausführung. Nicht normal verteilt, sondern von allem ein bisserl mehr. Und immer arbeitend. Nicht von früh bis abends, sondern von Anfang bis in die letzte Stunde. Du hast mir beigebracht, daß das Leben ganz mit dem gefüllt sein muß, zu dem man bestimmt ist: „Was ist schon dieses Herumleben?"

Wir haben eigentlich immer gearbeitet. Ob in den spärlichen Urlaubstagen mit der Schreibmaschine auf den Knien – auf Almen zwischen den Kühen oder am Meer. Entweder miteinander oder jeder für sich: bei Bearbeitungen an unseren Nestroy-Stücken zum Beispiel oder an meinen Programmen. Aber das alles sind nur Tautropfen gegenüber der Flut seiner Bücher, Texte, Kritiken, Essays, Aufsätze, Vorworte – und erst seine Post! Die Briefe, die täglich viele Stunden seiner kostbaren Zeit beanspruchten, seine ständige Präsenz für alle, die ihn brauchten.
Für mich war er immer da. Wo immer ich mich aufhielt – er hat auf mich gewartet. Im Auto, in Kaffeehäusern, auf Parkbänken, zu Hause – immer schreibend, aber immer auf mich eingestellt, auch in schwierigsten Zeiten. Eine ganz seltene Eigenschaft war in ihm: Er war ein Mensch ohne Egoismus. Ob böse oder gut: immer für die Sache oder den Menschen seiner Überzeugung. Nie für sich.
Die einzige Freude, die er, seine Person betreffend, hatte, war Freude über die Orden und Auszeichnungen, die er in höherem und hohem Alter bekommen hat. Glücksgefühle bei der Verleihung des Großen Tiroler Adlers in Innsbruck (er war eine Antwort auf seine Liebe zu Tirol, wo er jedes Fleckerl kannte). Und die Auszeichnung in der Steiermark und der französische Orden für seine Molière-Übersetzungen, die Jahre seines Lebens durchzogen haben – und dann auch Wien! Die Bestätigung, daß seine Angriffe, die er sein Leben lang gegen alle möglichen Institutionen gerichtet hatte, als das erkannt wurden, was sie waren: als seine Liebe zur Stadt. Wien war das Zentrum seiner Seele.

Hans wollte nicht gehen. Er hat nie mit mir über einen möglichen Abschied gesprochen, weil er wußte, was solche Gespräche für mich bedeutet hätten, aber ich habe es gefühlt. Es war unausgesprochen da: dieses Wissen um Trennung: sein Schmerz beim Klang von seinem geliebten Alban-Berg-Quartett, den Wiener Philharmonikern. Er wollte sich nicht von der Landschaft trennen. Bei Texten, die er für gut und wichtig hielt, ist er in Tränen ausgebrochen – er wollte sich nicht trennen. Sein Körper war alt und zu Ende gehend – sein Geist war jung, wach und frech wie früher.

Seine Liebe wurde stärker – seine Strenge ist geblieben. Zum Beispiel die Pünktlichkeitsneurose, die durch nichts zu beeinflussen war. Verzweifelte Besucher (in letzter Zeit ein Journalist, der extra mit dem Flugzeug angereist ist) mußten umdrehen und weggehen, ohne mit ihm gesprochen zu haben, weil sie die vereinbarte Zeit nicht genau eingehalten haben. Wie ungerecht in vielen Fällen, wie hart! Welch schwierige Situationen waren da zu bestehen! Unbeeinflußbar. Und fast wie eine Krankheit. Grundlose Härte. Gekränkte Menschen. Unnachgiebige Strenge. Wir wiederum mußten überall zu früh sein, was für einen ungeduldigen Zwilling, wie ich es bin, eine Strafe ist. Aber auch er war doch ein Zwilling! Ja, aber erst nach genauerem Hinsehen. Nicht so leicht durchschaubar wie ich. Er hat die Beziehung zu den Sternen nicht geleugnet. Er war – lächelnd – von kosmischen Einflüssen überzeugt.

Und hier muß ich über seinen fünfeinhalbten Sinn, wie er es nannte, sprechen. Dieser Über-Sinn war eine sehr starke prophetische Begabung. Auf seine Voraussagen, die mit Bestimmtheit vorgetragen wurden, konnte man sich verlassen. Seine Prognosen, Entwicklungen betreffend, waren sicher. „Du machst jetzt das – frag nicht, es muß so sein!“ Darauf konnte man bauen. Und so kann man in seinen frühen Texten oft Stellen finden, die in der Zeit ihrer Entstehung grausam und allzu abwertend geklungen haben mußten. Aber heute weiß man immer wieder: Er hatte recht, er hat es gerochen.

Ich glaube, daß viele Menschen, die einen ihnen lieben Nahestehenden verloren haben, das Gefühl von „Botschaften“ kennen. Wie oft habe ich mich in sein Zimmer begeben – ich brauchte eine Textstelle, ein Signal, eine Idee: Ich wußte, ich bekomme sie. Die Textzeile, die heute auf dem Stein von Hans Weigels Grab steht, ist auf diese Weise entstanden. Ich habe sein letztes Buch, die „Unvollendete Symphonie“, genommen, es aufgeschlagen, die letzte Seite blieb in meiner Hand, mein Blick fiel auf den letzten Satz.

Vor einigen Tagen suchte ich dringend für mein Programm einen neuen Text, der, sehr kabarettistisch, von Wiener Musik ausgehend in ein anderes Thema führen sollte: Er mußte witzig sein, ein bisserl scharf, nicht zu böse, kein richtiges Lied ... Ich fand etwas.

Ich suchte für meine Schauspielstudenten Texte für eine Szenenarbeit. Ich blätterte in Textbüchern und Manuskripten. In einer Mappe, die, wie ich fest glaubte, in diesem Fall für mich wertlos war – ich war eigentlich dabei, sie wegzulegen –, habe ich plötzlich die Photokopie eines Artikels aus den frühen siebziger Jahren in meiner Hand gehabt. Aus dem Zyklus: „In den Wind gesprochen“. Und das war es, was ich brauchte! Einige Tage später war diese Nummer – mit sehr guter Publikumsreaktion – die erste Darbietung nach der Pause in meinem Programm im Theater „Die Tribüne“.

Wenn ich auf der Bundesstraße nach Wien einfahre, lese ich den Slogan „Wien ist anders“. Ein Buch von Hans

Weigel trägt diesen Titel. Ich glaube, es ist mehr als zwanzig Jahre alt.

Wahrscheinlich auch eine typische Zwillingseigenschaft: dieses ewige Radiohören bei allen Gelegenheiten: während des Schreibens, im Bad, im Bett, ja auch noch im Schlaf, beim Essen – ich glaub, wenn er allein war, am liebsten alle Sender zugleich. Und zu laut! Es war uns immer rätselhaft, war er doch ein Mensch, der alles Laute haßte, der auf jeden Lärm im Haus allergisch reagierte, für den laute Stimmen fast schmerzvoll waren und der mit totaler Distanz antwortete. (Diese Eigenschaft ist auch mir nicht unbekannt: Leute, die unser Haus betreten und es mit ihrer lauten Stimme besetzen – da möchte man sich am liebsten einsperren, im Keller, auf dem Dachboden, unerreichbar sein und nur auf das Verschwinden desjenigen warten.)
Ich glaube, dieses Radiohören hatte zweierlei Gründe: Erstens die Wißbegier: Alles Politische, alles Wissenschaftliche, alles Literarische, jede Information wurden sofort von ihm gespeichert. Da war auch die Kritik oder Zustimmung an der Art der Moderation, des Stils der Redakteure für ihn wichtig. Er hatte Lieblinge, besonders bei den Kommentatoren – ja, und nun hätte ich beinahe eines der wichtigsten Wissensgebiete vergessen: den Sport. Er kannte alles und alle. Was war das für eine Hetz, wenn er bei Fußballübertragungen zweier unbekannter Klubs aus fernen Ländern plötzlich „Bravo, Citello", oder wie immer ein Spieler auch heißen mochte, gerufen hat. Er kannte auch die Sportler der Leichtathletik oder der Schirennen. Wurde ein Fußballmatch im Fernsehen übertragen, mußte er wegen seiner schlechten Augen manchmal so nahe am Fernsehschirm sitzen, daß er den

Ball mit skurrilen Kopfbewegungen verfolgte. Ich glaube heute, er tat das auch, um mich zum Lachen zu bringen. „Evi, die Fußballweltmeisterschaften beginnen!"
Ich: „Bist du glücklich?" – „Restlos." Und das war kein Schmäh.
Und zweitens (eigentlich hätte das als erstens gehört) war da das Radiohören wegen der Musik. In Ö 1 – immer klassische Musik, auch ganz moderne neue Musik, aber über allem doch und während seines ganzen Lebens: Schubert, Mozart, Beethoven, Brahms, Haydn, Mendelssohn, Mahler, Dvořák.
Ich sitze an meinem Schreibtisch, schaue auf und blicke auf ein Photo von Hans, und der Ausdruck seiner Augen ist besonders intensiv, als ob er sagen würde: Das ist gut. Sag es nur, was mir am meisten bedeutet hat. Es war die Musik. Hoch über allem in der Kunst.
Er konnte selbst kein Instrument spielen. Halt, das ist nicht ganz richtig: Als junger Mensch spielte er Flöte. Sie liegt quer über den Pfeifen neben seinem Schreibtisch, und ich weiß, er hat immer stolz von Konzerten in einem Jugendorchester während seiner Schulzeit erzählt.
Als wir unser Haus in Maria Enzersdorf bezogen – alles war neu, noch uneingewohnt, der Garten kahl, da plötzlich ein Schrei: Im Garten liegt eine Riesenschlange. – Damals wußten wir nicht, daß es sich nur um eine große Äskulapnatter gehandelt hat. Wir Großstädter – und plötzlich eine Schlange! Hans verschwand ins Haus, ist mit seiner Flöte wiedergekommen und hat nach unendlich langer Zeit wieder gespielt. Für die Schlange. Wir haben uns eingebildet, sie habe sich gefreut, einmal hat sie sich bewegt, aber der große Erfolg war es nicht. Hans hat gemeint, er könne es eben nicht mehr so gut, die Schulzeit liege zu weit zurück.

Apropos Schulzeit. Wenn Hans mir Episoden aus der Schulzeit erzählt hat, konnte ich so lachen. Geschichten aus seiner Gymnasialzeit, das Einstufen der Lehrer, die boshaften Streiche, die eine Bestrafung für ungeliebte Professoren darstellen sollten. Geschichten, wie das Durchsuchen des Dachbodens des Akademischen Gymnasiums, der Fund einer Büste von Kaiser Franz Joseph, die dann als Musterschüler in die letzte Bank gesetzt wurde – alles ausgeklügelte Quälspiele.
Und immer wieder habe ich Schulfreunde kennengelernt, hochgeachtete Wissenschaftler, Professoren von amerikanischen Universitäten, alles gelehrte Leute. Einmal treffen wir uns im Kaffeehaus, Hans sitzt schon dort und unter hält sich mit einem alten Herrn: Ich darf dir vorstellen, Herr Professor ... (ich habe den Namen leider nicht behalten) aus Amerika, ein Schüler aus meiner Klasse. – Und hier wird mir bewußt, wie sehr ich manchmal neben Hans hergelebt habe! Ich hätte alles viel bewußter erleben müssen. Wie viel ist, weil ich immer in meiner eigenen Arbeit gesteckt bin, an mir vorbeigeglitten, das heute so wichtig wäre, es genauer zu wissen. Wie vielen bedeutenden Menschen bin ich begegnet, deren Bedeutung ich im Augenblick der Begegnung nicht genau genug registriert habe. Es war auch ein bisserl viel für mich. Eine ganze Welt, die wert gewesen wäre, nur für sie da zu sein und dabei Zeitgeschichte aufzusaugen. So war das Schwergewicht des Interesses immer auf meiner Seite, immer bei meiner Arbeit. Hans hat mir immer dieses Gefühl vermittelt.
Jetzt bin ich von den Schulgeschichten abgekommen. Sie waren für mich eine derartig lustige Freude, Hans mußte mir immer wieder dieselbe Geschichte erzählen. Ich habe ihn immer wieder danach gefragt, als ob ich sie

noch nie gehört hätte, und er hat sie immer wieder erzählt, als ob er sie zum ersten Mal erzählen würde. Das war so ein Spiel zwischen uns. Und dann habe ich ihn gebettelt, sie doch aufzuschreiben. Das müßte doch was sein! Und er hat wirklich eines Tages damit begonnen. Und es war nichts. Es ist ihm nicht gelungen. Er hat ja nie direkt über sich geschrieben, sondern seine Erlebnisse waren immer eingepackt in Berichte über andere Menschen. Und diesmal sollte es ein Bericht über sich sein, über seine Jugend, es war wie der Beginn seiner Memoiren. Aber es war nicht so pointiert und zündend wie beim Erzählen – wir konnten beide nicht herausfinden, woran es liegt. Ich hatte das Privileg, immer der erste Leser (die erste Leserin) seiner Texte zu sein, und ich glaube, ich konnte manchmal dazu etwas sagen, das wichtig war. Er hat auf mich gehört, und das hat mich sehr stolz gemacht. Ich hab ihn nur immer angefleht, nicht soviel zu schreiben. Ich kann ja nicht so schnell lesen, wie du schreibst.
Dieses angefangene Buch! Ich werde es nie vergessen: Wir waren in Salzburg, hatten eine Verabredung im Residenz-Verlag, mit dessen damaligem Inhaber Wolfgang Schaffler Hans eine tiefe Zuneigung verband. Dort war ein neuer Lektor, ein jüngerer kühler Mensch, eine Antiwelt zu Hans. Als dieser die ersten Zeilen des begonnenen Manuskriptes überlas, wurde mir innerlich kalt. Die Art des Lesens, der Ausdruck, dazu meine Gedanken: Wenn wir auch wissen, das ist nicht so geglückt, aber immerhin doch von H. W. geschrieben, dieser Mensch wird der Bruch zwischen Hans und dem Verlag sein. Und so war es auch. Da konnte keine Verbindung funktionieren, da mußte sein Witz ins Out gehen.

Ich habe unlängst im Radio –
Es ist mir jetzt nicht bewußt, ob ich es schon gesagt habe: Seit Hans nicht mehr ist, bin ich ans Radio gefesselt. Am Tag, in der Nacht, klassische Musik, wissenschaftliche Sendungen, sobald ich einen Moment zur Ruhe komme, muß ich Radio hören – es interessiert mich, es beruhigt mich, es ist der Radio-Bazillus auf mich übergegangen. Ich kann es nicht erklären, aber es ist, als ob Hans diese Eigenschaft an mich weitergegeben hätte. Ich besitze jetzt Radios in allen Größen und Beschaffenheiten, trage sie überall bei mir: beim Spazierengehen, beim Textlernen, im Auto, zu Hause. Es ist ja so interessant, was man unbewußt übernimmt, wie beeinflußt man von dem Menschen ist, der nun nicht mehr da ist. Dieses Gefühl der Gegenwart, wie wenn er mir zuflüstern würde, was zu tun ist, um endlich erwachsen zu werden.
Aber jetzt fange ich den begonnenen Satz noch einmal an: Ich habe unlängst im Radio einen Vortrag von einem Wissenschaftler gehört, der erklärt, daß Menschen oft einen Einfluß auf Apparate haben, sie stören können, so daß sie nicht funktionieren. Und das war bei Hans Weigel das Mikrophon oder das Aufnahmegerät. Wenn ein Reporter bei ihm war, um ein Interview zu machen, was oft stundenlang gedauert hat, waren wir in Spannung und Angst, daß dieser arme Mensch nachher sagen wird: Oje, der Apparat hat nicht aufgenommen, da ist was kaputt.
Wie oft ist das passiert. Und das Arge ist, daß dieser prophylaktische Haß von Hans auf die Apparate ausging. Er erwartete sozusagen die Funktionsuntüchtigkeit. Er bebte schon im vorhinein vor Wut auf ein sicher nicht funktionierendes Mikro. Ich glaube ja, daß in Mikrophonen Leben ist.

Hans hält einen Vortrag mit wichtigen Aussagen, das Tonband läuft, es wird mitgeschnitten – aber vergebens. Es war nichts auf dem Band, das Gerät hatte einen Fehler – aber warum denn, gerade war es ja noch in Ordnung! Aber der Vortrag ist weg, unwiederbringlich. Hans hatte, wie immer, frei gesprochen, es gibt kein Manuskript, weg, erledigt, aus.
Und das immer wieder. Sein Zorn übertrug sich auch auf alle armen Leute, die die Anlagen bedienten. Dieser Zustand wurde immer ärger. Wir alle konnten kaum mitansehen, wenn ein Mikro dort installiert wurde, wo Hans stehen oder sitzen würde. Er ist fast immer gestanden. Zitternd verfolgten wir die Installierung: Höhe, Abstand, es war oft so, daß mich fast eine Art von Bewußtlosigkeit ergriff, ich gar nicht erfassen konnte, was er sagte, nur um das Mikrophon und den Techniker zitternd, der um Gottes willen nicht während des Vortrags durch den Saal gehen sollte, um das Mikrophon zu verändern. Dieser Zustand wurde zu einer Mikro-Neurose. Ein neues Krankheitsbild, das man vielleicht nach Hans benennen sollte.
Der Höhepunkt dieser Erscheinung: Ich muß es mit meinen Worten erzählen: Ich hatte Vorstellung, konnte Gott sei Dank Hans nicht begleiten (meine Nerven waren in dieser Hinsicht bereits geschädigt) – es war ein Vortrag (welches Thema weiß ich nicht), den Hans auf Einladung des von ihm sehr geschätzten Professor Leser hätte halten sollen. – Ich weiß nur, daß Hans um die Zeit seines Vortrags in einem Kaffeehaus gesessen ist. Ich stürze nach der Vorstellung hin, düstere Ahnungen in mir, er sitzt stumm dort, ich frage, was los ist. Er: Das Mikro. Ich: Und? Er: Ich bin weggegangen. Ich: Was? Waren keine Leute dort? Er: Voll. Aber es wurde ständig das Mikrophon gerichtet,

geändert. Ich war so gestört. Ich hab es nicht ertragen.
Ich: Aber der Professor Leser, was hast du ihm angetan?
Er: Ich weiß nicht, es tut mir leid.
Es gibt aber doch einige Tondokumente von Hans. Sie sind so schlecht, daß man nur mit Mühe etwas verstehen kann.
Jetzt stehe ich auf und hole mein Radio.
Herr Dr. Freud, schauen Sie bitte herunter.

Gott, wie kann man in einem Menschenleben so viel schreiben? Unzählbar sind die Gedanken, die Zeilen, die Buchstaben. Sind's Milliarden? – Wie armselig kommt man sich vor, in ein paar so dahingedachten Zeilen einen Menschen dieser Art zu beschreiben, dabei gibt es den Ausdruck „dieser Art" nicht. Ich streiche ihn sofort durch.
Wer rechtfertigt meinen kleinen Versuch?
Soeben bin ich durch Zufall im Durchschauen meiner Schreibtischladen in meiner Wohnung auf dem Kohlmarkt auf liebevoll in meine Hand gelegte Manuskripte gestoßen.
Die Molière-Übersetzungen, wichtige Aufsätze, immer wieder steht voran „Für Dich". Dazwischen Briefe voll Liebe, voll Wissen, wie bewußt für jetzt geschrieben.
Ich überfliege sie, hole Erinnerung herauf, sie stammen aus weiten Zeiten. 1960 die ersten – und plötzlich halte ich ein Blatt in der Hand; anläßlich der Gründung einer literarischen Reihe, bei der Hans Weigel Mitherausgeber war. Vom 8. VII. 1966 eine Aufforderung herüber in den 1. II. 1993.

VERLAG FRITZ MOLDEN

GLANZ UND ELEND DER MEISTER
Herausgegeben von
WOLFGANG KRAUS
ELISABETH STENGEL
HANS WEIGEL

8. VII. 1966

Mein geliebtes Kinderl,

Eben ist das gekommen. Hättest Du nicht Lust, ein Buch über Stifter oder Adolf Müller senior zu schreiben – oder über Weigel?

Lass Dir's, bitte, sehr gut gehen!

Dein

H.

In die Stifter-Gegend, in den Böhmerwald wollten wir einmal fahren – es ist nie dazu gekommen –, die Sehnsucht ist offen geblieben. Und unlängst habe ich am Zentralfriedhof, nicht weit von Hans, das Grab von A. Müller sen. gefunden und bin gedankenvoll bei ihm gestanden, und jetzt mache ich den Versuch, über Hans Weigel zu schreiben.

Lange Zeit war ich nicht imstand, an diesem Text weiter zu arbeiten. Wohin wird er mich führen? Zu viele Erinnerungen sind in meinem Kopf. Ich war so ein Gegenwartsmensch – plötzlich gerät so viel Vergangenheit in mein Leben. Sie beginnt mich einzuholen, auf Schritt und Tritt begegnet sie mir, und ich versuche, mit Dir, lieber Hans, ständigen Kontakt zu halten. Was heißt, ich versuche, es ist gar nicht anders möglich – Du bist in meinem Gehirn, Du zwingst mich, Deine Gedanken zu denken.
Ich lache so oft mit Dir, höre, was Du für Frechheiten sagst, wieso triffst Du so mit Deinem Witz – aber den muß ja ich eben jetzt erfunden haben.
Ich finde überall Briefe von Dir an mich. Hier ist einer der schönsten: Die ungehaltene Rede – hier bist Du nicht ungehalten – auch Deine Rede nicht – Du hast sie nur zurückgehalten. Vielleicht, weil Du damals schon wußtest, daß sie heute, in einer noch immer und schon wieder und ewig so ungewissen und total verarmten Zeit mehr Gewicht haben wird. Sie taucht wie ein tiefes Atemholen aus Jahren auf, in denen noch Hoffnung möglich war. Ich sage bewußt „arme Zeit". Ich bin der festen Überzeugung, daß die heutige Zeit eine arme Zeit ist. Eine Zeit, in der eine Generation aufhört zu sein, der Du angehört hast. Es war ein Wellenberg der großen Persönlichkeiten. In der Kunst, in der Politik – wir leben in der Periode der Wissen-

schaft. Des Fortschritts der technisierten Gehirne. In einer Zeit, in der der Computer ein alter Hut ist. Da müssen die Kunst-Gedanken zurücktreten.
Du hast so oft geweint: Wie der Fried gegangen ist zum Beispiel, der Ambesser. Deine Freunde – einer nach dem anderen. Was hast Du für Sterben Deiner Dichterfreunde erleben müssen – und immer bist Du an den Gräbern gestanden und hast Abschiede gesprochen. Immer wieder und wieder. Es drängt mich, aufzuzählen, aber ich will nicht beginnen, es würde mich so unendlich traurig machen, weil ich mich an Deine Trauer erinnern würde. Aber Du hast auch etwas in Dir gehabt, das wenigen Menschen zuteil wird. Du konntest glücklich sein. Aber nicht über Dinge, die andere Menschen glücklich machen. Immer nur über Momente, in denen anderen, die Dir wichtig waren, etwas geglückt ist.
Aber jetzt gerate ich schon wieder in ein Gespräch „mit" Dir, wo ich doch „über" Dich schreiben will.
Ja, die Glücksmomente konnten sehr unterschiedlich sein. Ich denke an einen Tag in München. Hans war der größte Antialkoholiker der Jetztzeit. Er hat einfach überhaupt nichts vertragen. Aber damals in München sind wir Weißwürste essen gegangen ins Hofbräuhaus, und Hans hat ein riesiges Bier getrunken. So in einem Zug. Ich bin schrecklich erschrocken und hab gedacht, jetzt ist alles aus. Er war so stolz, daß ihm das geglückt ist, damals hab ich von ihm ein „Ich bin glücklich" gehört. Es war ein Schlüsselmoment. Das Hofbräuhaus war eine Chiffre für Zufriedenheit. Es war ein einmaliges Erlebnis und hat sich nicht wiederholt. Allerdings wenn die Austria gewonnen hat, konnte er auch glücklich sein.
Einmal war ich bei einer Autogrammstunde in einem großen Kaufhaus. Dort war auch der Krankl. Ich zu ihm:

„Mein Gott, wenn das der Hans wüßte, daß Sie hier sind." Der Krankl: „Das ist schade, ich tät gerne mit ihm reden." Ich: „Na, schreiben Sie ihm doch einen Brief." Das hat der Krankl gleich gemacht: „Lieber Herr Weigel, warum sind Sie nicht Rapid? Herzliche Grüße Ihr Hans Krankl." (Ich zitiere nicht ganz genau.) Der Hans hat gestrahlt, als ich ihm den Brief übergeben hab. Schnitt.
Im Rathaus war zum 80. Geburtstag von Hans eine Ausstellung, die die Stadt- und Landesbibliothek gestaltet hat. Im Zentrum eine Vitrine mit Briefen von Freunden: Hochwälder, Doderer, Dichter von großem Format – und in der Mitte der Brief vom Krankl.

Doch nun zurück zur ungehaltenen Rede. Zum 50. Geburtstag durfte man selbstgemachte Dinge mitbringen. Ich kannte den Hans durch Ernst Waldbrunn, mit dem ich damals verheiratet war. Ich brachte die Skulptur einer Giraffe, ich habe mich damals mit Plastiken beschäftigt, und sie war gerade entstanden. So überreichte ich sie Hans Weigel, weil mich Ernst Waldbrunn dazu aufgefordert hat. So habe ich also die ungehaltene Rede miterlebt. Vielleicht hätte ich damals ihren Wert gar nicht erfaßt.

Rückblick nach vorn.

Wenn ein Tag vergangen ist, kann man sich fragen: Lebe ich nun einen Tag länger oder einen Tag kürzer als gestern? Ist Leben das, was vor mir, das, was hinter mir liegt?

Und wenn ein solcher Tag, wie der fünfzigste Geburtstag, besondere Besinnung nahelegt, soll man sich rückwärts, soll man sich vorwärts wenden, um sich an seiner Zeit zu messen.

Wien, 19. VIII. 1963

Meine geliebte Evi,

ich hab' heute einen Text gefunden:
eine Rede zu meinem 50. Geburtstag,
die ich dann nicht gehalten
habe. Sie ist an Dich gerichtet
und gehört Dir, und darum
hab' ich sie damals wahrschein-
lich nicht gehalten, weil
die ganz wichtigen Sachen
sind nur für Dich be-
stimmt. Nimm den Text
zu Dir. Er hat einmal gelebt,

als ich ihn geschrieben hab', einmal eben, als ich ihn gelesen hab'; er wird nun bei Dir leben und nun von der Gnade Deiner geliebten Augen. Ich lebe, solange Du mich anschaust. Mein ganzes Leben war eine Liebeserklärung an Dich, ein Zu-Dir-Hin. Jetzt bin ich am Ziel. Meine Vergangenheit grüsst meine Gegenwart.

Ich liebe Dich.

Dein Hans

Ich will der sehr naheliegenden, sehr lockenden Versuchung persönlicher Auseinandersetzung und privater Reminiszenzen heute nicht erliegen, ich will in diesen Tag hinein von mir her für andere und von anderen sprechen, auch wenn ich von mir spreche, ich will mich selbst als Gesandten und Repräsentanten sehen, meine Daten als Markierungen eines Wegs, der allzu wenige bis zum heutigen Tag geführt hat. Die einen sind im Weltkrieg auf der einen, die anderen im Weltkrieg auf der anderen Seite gefallen, und einer aus meiner Schule im Spanischen Bürgerkrieg und einer meiner liebsten Freunde, Jura Soyfer, in Buchenwald. Und viele sind in Amerika und sprechen englisch mit ihren Kindern. Es gibt sehr wenig fünfzigste Geburtstage in diesem Jahrzehnt, und ganz besonders wenige offiziell begangene, denn wer sollte bekannt oder angesehen sein aus meiner Generation, geboren in dieser Gegend der Welt, wenn er 1933 fünfundzwanzig Jahre alt war, 1938 dreißig Jahre alt und 1945 siebenunddreißig.

Ich blicke zurück, ich sehe mich am Mittag des 20. März 1938 über die Brücke bei Salzburg fahren, aus Österreich hinaus, mit dem letzten Blick auf die geliebten Konturen und dem äußersten Schmerz, den ich je empfunden habe, und einer großen Gewißheit, und die war weniger: „Ich werde wiederkommen", als: „Ich will wiederkommen!" Ich sehe mich die Grenze zwischen St. Margarethen und Höchst im Juli 1945 überschreiten, und das war die Grenze zwischen: den Krieg gewonnen haben und den Krieg verloren haben. Man hat es mir verwehrt, vor Bomben Angst zu haben, man hat es mir verwehrt, in die Wehrmacht geholt zu werden, ich durfte den Krieg nicht verlieren, aber ich durfte: ihn verloren haben, mit den meisten gemeinsam, die heute hier sind, die ich damals noch nicht gekannt habe. Aber es war in mir sehr stark eine große Gewißheit, eine etwas überhebliche, vertrauensvolle Hybris: In Wien warten sie auf mich. Ich war damals siebenunddreißig. Heute sind meine Freunde hier, und die meisten von ihnen sind Freunde, gewonnen in jenem letzten Jahrzehnt, das nicht gerade die großen Freundschaften in solchem Maße inspiriert. Was will ich mehr?

Ich bin zurückgekommen, ins gelobte Land, das man von Stund an nicht mehr zu loben brauchte, weil es aus dem Traum in die Realität gelangt war. Ich habe hier meine Freunde gefunden und meine Feinde und mich selbst mitten unter ihnen, ich habe vieles erkannt und immer ganz bewußt zum Dasein auch das Hiersein als Geschenk empfunden, und die alten Freunde aus der fernen Zeit reden, während ich hier zu meinen Freunden spreche, mit ihren Kindern englisch. Ich habe unendlich viel erlebt, aber ich weiß nicht, wie alt ich bin. Ich glaube, es ist mir und meinesgleichen, sofern es uns heute unter den Lebenden gibt, verwehrt, fünfzig Jahre alt zu sein. Denn wir waren zuerst jung, dann gar nicht, dann erst hat alles angefangen. Wir sind nicht mehr das neunzehnte und noch nicht das zwanzigste Jahrhundert. Es mag sein, daß es meine unverminderte Werbung um dieses zwanzigste Jahrhundert gewesen ist, die mich so seltsam intensiv auf die jüngeren Jahrgänge verwiesen hat, zu meinen Freunden vom Theater und von der Literatur. Es ist vielleicht meine wichtigste, wenn auch schmerzlichste Erkenntnis, daß wir, die falschen Fünfziger, eigentlich alle miteinander nicht wirklich da sind, auch die Überlebenden nicht, weil wir keine echte Generation sind, weil wir im Niemandsland stehen, wir sind nicht mehr und noch nicht, wie dieses Österreich, das nicht 1918, sondern 1945 aus dem „Noch-Nicht“ herausgetreten ist in seine echte Existenz, die aber nur vorläufig von uns Alten, zu denen ich seit heute gehöre, getragen wird und die erst ganz wirklich sein wird, wenn die anderen, meine heute noch jungen Freunde, ihre fünfzigsten Geburtstage in dichteren Serien zu feiern beginnen.

Ich blicke zurück und sehe nun nicht mehr mich, sondern die hinter mir, und ich sehe in ihnen allen eine große Zukunft, die mir gehört, auch wenn ich sie nicht mehr erlebe. Sie haben nicht die Wüste durchwandert zum gelobten Land hin, sie haben ihr Land als selbstverständlichen Besitz, sie sind mit ihm in selbstverständlicher Gewißheit identisch. Wenn ich mit ihnen spreche und sage „wir“, dann ist darin diese Zukunft vorweggenommen, drum blicke ich in die Zukunft, wenn ich zurückblicke, weil mein Weg in dieses „Wir“ geführt hat. Wer einmal ein gelobtes Land gesucht und gefunden hat, soll nicht mehr nach der Zukunft fragen und jeden neuen Tag bewußt als Meilenstein sehen auf dem Weg der anderen durch sein gelobtes Land. Sie gehen ihre Wege und suchen ihr gelobtes Land und sehen meist, daß sie mitten drin sind, sie werden erst, wenn sie einst zurückblicken auf heute, erkennen, was mich jeder Tag lehrt, weil mich mein Leben von der Zukunft auf die Gegenwart verwiesen hat, der heute mein Gruß gilt, die ich in denen grüße, auf die ich zurückblicke, auf die Zukunft von morgen, die kein gelobtes Land zu suchen brauchte, denn sie ist mitten drin in der gelobten Zeit.

Ich habe vorhin gesagt, daß ich glaube, so vieles übernommen zu haben, Eigenschaften, die ich nie in mir vermutet habe.

Vor einigen Wochen bekomme ich einen Anruf: „Hier Gasthaus Seewiese in Breitenfurt. Frau Ott, könnten Sie bei uns eine Lesung von einer Stunde Thema ,Wienerwald' machen?" Ich bin inmitten von großen Aufgaben: Texte lernen, Regien vorbereiten, Unterricht im Konservatorium, Probenbeginn für ein Stück – es interessiert mich plötzlich das alles nicht mehr. Ich hab nur eines im Kopf: Wienerwaldtexte suchen – finden für das Gasthaus Seewiese. Berge von Büchern sind überall an meinen Arbeitsplätzen – ich telefoniere – frage aus – lese –, es gibt plötzlich nur den Wienerwald von Doderer bis Leopoldi. Diese Eigenschaft muß Hans mir oktroyiert haben. So bin ich doch gar nicht. Oder ja?
Nun sitze ich an meinem Schreibtisch, denke an den Wienerwald und kann berichten, daß die Lesung schon stattgefunden hat, daß es genauso war, wie ich gedacht habe. Die Texte von Hans waren das selbstverständliche Zentrum dieses Abends. Ein Bogen von Zitaten – von seinem von ihm so geliebten Doderer über Altenberg und Schöffel, Stifter und Hermann Leopoldi, Pirker und Stanislav Jerzy Lec, Nestroy, immer wieder bei Weigel landend. So stimmend, daß ein Buch mit diesem Programm erscheinen soll.
Am 29. Mai 1993 wäre der fünfundachtzigste Geburtstag von Hans gewesen. Er wurde von Radio und Fernsehen gefeiert. Ich habe zum ersten Mal seine Stimme wieder gehört, sein Bild gesehen – ja – wie verträgt man das eigentlich? – Es war, wie wenn er noch da wäre. Ich habe sogar wieder einmal gesagt: „Warum sagst du das jetzt? Muß das sein?"
Und wie ein Radiosprecher zweimal falsche Titel seiner Bücher ausgesprochen hat und ein Lied so gesetzt war, als ob es von ihm wäre, hab ich ihn gehört: „Siehst du,

verstehst du, warum ich ‚fehlersüchtig' bin, weil die falschen Sachen immer weiter falsch weitergegeben und zitiert werden, weil Fehler sich vervielfachen."

Wie beginnt man nach einer langen Schreibpause, die mit vielen Regie- und schauspielerischen Erlebnissen, Eindrükken, Belastungen, Problemen gefüllt war, wieder an einen begonnenen Text heranzuschleichen? Einen Text, in dem ich Tag für Tag lebe, weil meine künstlerische Gegenwart mit der imaginären Präsenz dieses Menschen, der das Thema dieses Textes ist, erfüllt ist? Wo wieder beginnen, wo alles doch Fortsetzung ist. Wo seine lebendigen Gedanken mir ständig Mut zu Entschlüssen und Entscheidungen geben. Je weiter die Zeit mich von seinem Dasein entfernt, desto näher, bewußter, werden mir seine Gedanken. Wird mir sein Mut zu diesen Gedanken.
Immer mehr wird mir klar, daß Zukünftiges nur eine Basis besitzt, wenn es aus dem Vergangenen geschöpft ist. Und da bin ich bei einem neuralgischen Punkt der Gegenwart. Da möchte ich oft vor Verzweiflung aufschreien. Und ich wage das auszusprechen, weil ich durch meine Lehrtätigkeit ständigen Umgang mit jungen Menschen habe, die zum Theater wollen, künstlerisch brennen und den großen Fehler begehen, sich beeinflussen zu lassen von falschen Lehren und Gedankengängen, die sie zu einer Verachtung, Mißachtung der Vergangenheit führen, mit der Behauptung, Neues entstehe nur, wenn man von Vergangenem befreit ist. Nein! Falsch! Von meinen Schülern hört keiner mit wachen Sinnen zu, wenn man von Leopold Rudolf oder Werner Kraus spricht. Es geht alles an ihnen vorbei. Ich behaupte weiter, Sätze dieser Art muß man direkt mit Mut sagen, weil man die entwertende Antwort hört. – Hans hatte die große Imagination, die jungen Leute mit

den bedeutenden Themen des Gegenwärtigen, des kurz Vergangenen und der längst vergangenen Zeit zu konfrontieren. Sie wissen es noch nicht. Es wird ihnen einmal klar werden, was sie von ihm in die Gehirne gepflanzt bekommen haben. Sie werden einmal staunen.
Die Ruhe in einem Raum, in dessen Mitte er umringt von den jungen Leuten gesessen ist und mit leiser Stimme Themen angeschnitten, Fragen beantwortet hat – eine Atmosphäre von konfrontierendem Gleichklang. Ich halte diese Hans-Weigel-Lyrik-Werkstatt aufrecht, wir verbringen wunderbare Stunden mit dichterischen Texten, aber wer analysiert das alles mit dieser Selbstverständlichkeit? Für wen sind das schon die glückvollsten Stunden? Das war einer der schmerzlichsten Abschiedssätze: „Glaubst du, daß ich nicht mehr in die ‚Schule' gehen kann?" Meine Antwort: „Sie wird zu dir kommen." Was sich nicht mehr erfüllt hat.

In engem Zusammenhang mit diesem Thema: Frühjahr 1993, das Jahr des fünfundachtzigsten Geburtstages: die Gedenktafelenthüllung am legendären Café Raimund, gestiftet von der Gesellschaft für Literatur.
Ein eiskalter, unfreundlicher Tag. Wie darf es auch anders sein? Zur Erinnerung an eine Zeit, in der brennende Gedanken aus der Ungemütlichkeit entstanden sind. Es war eine klassisch österreichische Veranstaltung, wie Hans immer wieder das typisch Österreichische zu charakterisieren versucht hat. Die großen, wirklich großen Dinge geschehen in diesem Land völlig unspektakulär. Ich war fast ohnmächtig vor Verzweiflung, weil ich gespürt habe, daß da etwas stattgefunden hat, das sich aus der Improvisation ergeben hatte, das unwiederholbar ist. Mein innerer

Schrei nach Dokumentation blieb mir im Hals stecken. Ich wollte alle rütteln und sagen: „Haltet das doch jetzt fest. Das darf doch nicht vorbeigehen, als wenn es nicht gewesen wäre." Ich blieb in der Menge stecken und konnte nichts dazu tun. Ich kämpfte mich zu meinen Schülern durch, um ihnen zu sagen: „Schaut euch genau diesen Tisch da drüben an. Prägt euch alles ein! Ihr werdet euch einmal wertvoll erinnern!"
Ja – dieser Tisch!
Am obersten Ende saß Viktor Frankl. Neben ihm und seiner Frau war Ilse Aichinger. Neben ihr Doris Mühringer. Neben ihr Jeannie Ebner. Ihnen gegenüber Friederike Mayröcker, neben ihr Ernst Jandl, neben ihm Kurt Klinger; am Tisch vis-à-vis Hans Holt, als Freund aus früheren Tagen.
Dr. Wolfgang Kraus erinnerte in einer Gedenkrede an den Raimund-Tisch und erzählte von den Dichtern dieser Generation, die an diesem Tag nicht mehr da waren.
Dann begann „der große Tisch" aktiv zu werden und von dieser Zeit zu erzählen. Von Spezialuntersuchungen und Finten, die damals unternommen wurden, um Texte an Zeitschriften zu bringen, wie „Schreibbefehle" von Hans an die Autoren ausgingen, die bei Erfüllung den Preis von ein paar Würsteln bis zu einem kleinen Braunen erhielten, und und und ...
Der Rundfunk war da, ich beschwor flüsternd den Reporter, alles aufzunehmen, er mußte bedauernd sagen, daß soeben eine Live-Sendung laufe, in die gerade ein paar Minuten eingeblendet werden. Ich stürzte auf einen Photographen zu mit der Bitte, doch sofort zu photographieren, er beruhigte mich, indem er sagte: „Ich mache ja dann vor der Tafel Bilder von Ihnen." Nein! Nicht von mir! Von diesem Tisch, an dem Menschen sind, die in die große

Literatur eingehen, die niemals wieder alle zusammen sitzen werden ...
Als ich am Schluß Dr. Wolfgang Kraus mein Leiden erzählte, sagte er zu mir: „Vielleicht müssen solche Momente Geheimnis bleiben. Vielleicht sind sie zu wertvoll, um veröffentlicht zu werden."
Ja. Vielleicht sind sie zu österreichisch. Hans, wie recht hast Du meistens gehabt.

Apropos Café Raimund. Für Hans waren die sogenannten schicksalsbedingten „Zufälle" immer klare Selbstverständlichkeit. Immer, wenn etwas geschehen ist, das mit Verwunderung zu konstatieren war, sagte er: „Na klar. Wieso nicht?"
Einer dieser „Zufälle" steht für so vieles:
Immer wieder im Laufe der Jahre hatten wir mit seinen Herzattacken zu kämpfen. Plötzlich war so ein Geschehen da, und ich mußte in raschem Handeln damit fertig werden, was gottlob sehr oft geglückt ist. Sein Zustand wurde immer gefährlicher, und so befolgten wir den Rat des Arztes, der dringend zu einem Herzschrittmacher riet. Hans ließ alles gelassen über sich ergehen, und so sind wir Hand in Hand ins Spital der Barmherzigen Brüder zu dieser Operation gefahren. Die vertuschten Ängste brauche ich nicht zu beschreiben.
Ich sitze mit allen beherzten Kräften im Vorraum des Operationssaales inmitten der Betten, in denen die als nächste Drankommenden liegen. Ich starre auf die Tür des OP-Raumes: Sie öffnet sich, und die Chirurgin kommt neben dem Bett, in dem Hans liegt, heraus. Sie nickt mir beruhigend zu. Geglückt. Sie nimmt mich beiseite, um mir zu sagen, daß sie als ganz junge Studentin immer nach den Vorlesungen auf der Uni ins Café Raimund gegangen

ist, in einer Ecke gesessen ist, von wo sie den Weigel-Tisch beobachten konnte. Ihr großer Wunsch war damals gewesen, ihn einmal kennenzulernen. In diesem Moment hatte sie ihm zwei Jahre seines Lebens geschenkt. Danke, Frau Dozent Wrabez!

Schreiben. Schreib doch! Schreib alles auf. Wie vieles wäre aufzuschreiben. Das geschriebene Wort! (Ich weiß es von Kritiken!) Wieviel wird geschrieben. Wieviel Ungelesenes ist schon geschrieben worden. Wert des Aufgeschriebenen. Anblick von Buchhandlungen. Anblick von Bibliotheken. „Schreib!" sagte Hans Weigel eines Tages zu mir. Es war so fern von mir, etwas aufzuschreiben. Eigens zu formulieren. Auch das frei gesprochene Wort ist für uns Schauspieler nicht selbstverständlich. Meine erste Laudatio auf Franz Stoß im Sträußelsaal des Theaters in der Josefstadt war für mich fast lebensbedrohend, weil mein Herz vor Aufregung rotierte. Hans hat mich da immer ermutigt, gezwungen, ins Wasser geworfen, damit ich endlich schwimmen lerne. Und so war es bei einem zufälligen Treffen des Verlagsleiters von Jugend & Volk, dem Dr. Helmuth Leiter, der später ein lieber Freund von uns geworden ist.
Er zu mir: „Sie reisen doch mit Ihren Soloabenden durch die Welt. Ihre Erlebnisse, die Texte Ihrer Lieder, die Entstehung der verbindenden Worte, alles, was diese Arbeit beinhaltet, schreiben Sie es doch auf, wir bebildern es, wir machen ein Buch Ihrer ‚Phantasie in Ö-Dur'." Ich war wie in Trance. Hans sagte: „Schreib augenblicklich." Am selben Abend begann mein Versuch. Wir waren in Kärnten. Man konnte mich dort kauernd in Ecken, sitzend auf Steinen, in unbequemsten Stellungen mit Block und Feder finden. Ich war plötzlich nicht mehr ganz auf der Welt. Meine Qual war die Reaktion von Hans. Nachdem ich in diesem

Zustand eine Portion von vollgeschriebenen Seiten hatte, legte ich sie vor ihn hin mit den Worten: „Sag mir, ob ich schreiben darf?!" Ein Kopfschütteln von ihm. „Bevor es nicht sechzig Seiten sind, schau ich es nicht an." Keulenschlag. Unerbittlichkeit. Nach einer Ewigkeit war es soweit. Er hatte meine Blätter in der Hand. Ich in weiter Entfernung zwischen Himmel und Hölle, aber mehr Hölle. Er liest auch so langsam. Die Stunden vergehen nicht. Keine Reaktion – dann endlich: „Schreib!"

Das erste Buch: die Entstehung: Lebenseinschnitt, Krankheit, Spital, Operation, Erwachen aus der Narkose, vor mir liegen die zu korrigierenden Fahnen. Kopfschüttelnde Ärzte um mich – eine unansprechbare Patientin, in Texte vertieft, verbessernd, Zeilen zählend. Mein Kranksein erlebte ich nicht mit Bewußtsein.

Dann der Höhepunkt: Ich durfte zusehen, wie mein Buch gedruckt wurde – die Blätter durch die Druckmaschine liefen. Ich bekam eine Ahnung der Bedeutung des geschriebenen Wortes.

Später Hans Weigel zu mir: „Es muß sofort ein zweites Buch entstehen. Wer ein Buch schreibt, muß ein zweites in die Welt setzen. Das wirst du tun, und wenn du auch dann nie mehr eine Zeile schreibst. Ich fordere es von dir."

Und so entstand auch ein drittes, und aus diesem Grund habe ich den Mut, hier an meinem Schreibtisch zu sitzen und diese Worte aufzuschreiben. Aber – und das ist der eigentliche Inhalt dieses Gedankens – ich habe diesen Text zu früh hergezeigt. Ich wurde bestätigt, ermutigt und war daraufhin monatelang nicht mehr imstand, auch nur eine Zeile weiterzuschreiben. Es waren eben noch keine sechzig Seiten.

Unser Garten erhellt vom Schein vieler Fackeln. Alle von uns gepflanzten Bäume werfen ihre Schatten. Ein warmer Abend im August: Viele Menschen auf der Terrasse, in der Laube, auf dem Nestroy-Platz, dem Franz-Nabl-Platz, unter der Konrad-Lorenz-Platane, bei der Bacher-Kastanie, der Messinger-Linde, der Gina-Liechtenstein-Tanne, überall sitzen Freunde von uns. Viele lernen sich erst kennen und sind schon im Gespräch – eine unbeschreibbare Stimmung an diesem Sommerabend. Alle Gespräche haben einen Inhalt: Hans Weigel. Er ist an diesem Abend physisch nicht mehr hier. Und doch. Alle haben ein Gefühl: Er sitzt hier, schweigend, lächelnd, sich freuend. „So ist es gut."

Am Nachmittag hatten wir ihn begraben.

Als ich an seinem Grab stand und die vielen Menschen warteten, um die Zeremonie des konventionellen Beileids abzuwickeln – war alles ganz anders. Kein vorgeschriebenes Wort kam zu mir. Es waren Lebensgeschichten in Kurzform. Fast jeder hatte eine Episode eines Geschehens zur Hand, das in irgendeiner Form in sein Leben eingegriffen hatte. Und am Anfang jeder Geschichte war die Person von Hans, der dieses meist schicksalhafte Geschehen durch ein Wort, einen Brief, einen Hinweis, einen tobenden Aufschrei, ein Schimpfwort oder eine Liebeserklärung ausgelöst hatte. Durch seinen inneren Frieden, seinen oft chaotischen Zorn, sein gezieltes Umsichschlagen, seine übersteigerten Zuneigungen, seine aufbäumenden Abneigungen, durch ein tröstendes Wort im geeigneten Moment, durch seinen Widerspruch, der oft Grenzen überstieg, durch seine immerwährende Wachheit gegenüber seiner Umgebung, in welche Richtung auch immer, Haß und Liebe aus Liebe – es war eine fast heitere, eine seltene Form von friedlicher Stimmung, die man so gern ein bisserl in die Welt streuen möchte. Ein Symbol dieses

Gleichklangs war die Erfüllung seines Wunsches: An seinem Grab spielte sein über alles geliebtes Alban-Berg-Quartett Schubert.
Hans wußte schon damals, nach dem Krieg, als er die „Unvollendete Symphonie" schrieb, was er mit seinem letzten Satz in diesem Buch gemeint hat: „In unseren Gräbern leben wir."
Ich glaube, er hat bewußt den Satz geschrieben, der einmal auf seinem Grabstein stehen sollte.

Wie kann einer, der das innere Erleben des Schauspielers nie selbst mitgemacht hat – wie kann der die Seele des Schauspielers so aufblättern? Sein Buch „Masken, Mimen und Mimosen" hat mich zu ihm geführt. Wie kann er wissen, was so ewig gültig ist? Und da können noch so viele Gurus auftreten und versuchen, alles am Menschen-Darsteller zu verdrehen, sein Inneres zu brechen, um es dann, nach eigenen Vorstellungen, wieder zusammenzusetzen versuchen. Da werden in allen Zeiten Moderegisseure auftauchen, die neu zu erfinden glauben, und sie werden immer schon Dagewesenes erfinden. Sie werden spektakuläre Gefühle trainieren lassen und glauben, durch Vernichtung des Schamgefühles, der Hemmungslosigkeit, durch Wiederholbarkeit von Hysterien, Ausbrüchen und absurden Absonderlichkeiten einen besseren Darsteller des menschlichen Schicksals hervorzubringen.
Die ganz großen Darsteller haben ihre Gefühle nicht trainiert, sie nicht abgenutzt. Sie haben und werden sie immer in sich verschließen, schützen, um sie im richtigen Moment in großer Form aus sich herausholen zu können. Unsere Schwierigkeiten, Qualen, Leiden sind keiner Mode unterworfen. Seelen sind nicht zu modernisieren.

Wie viele Gespräche haben wir über diese Probleme geführt. Wie wenige, die sich anmaßen dreinzureden, haben eine blasse Ahnung von den Geheimnissen des Schauspielers – des Theaters. Ich weiß, Hans würde jetzt sagen: „Setz dich sofort hin, beschreib alles, erzähl von den Entwicklungen der Talente der jungen Leute, die du zu diesem Beruf führst! Erzähl, schreib." – Vielleicht irgendwann.
Ich habe von den Werten der Vergangenheit gesprochen. Ich konnte innerhalb meines Berufes als ganz junger Mensch einer Generation von bedeutenden Menschen gerade noch begegnen. Mit ihnen spielen: mit Alma Seidler, Raoul Aslan, Ewald Balser, Paul Hörbiger, Fred Liewehr, Hermann Thimig, Helene Thimig; und mit Regisseuren arbeiten wie Lothar Müthel, Leonard Steckel, Leopold Lindtberg, Oskar Fritz Schuh, Axel v. Ambesser, Heinrich Schnitzler, und darüber hinaus hat mir Hans Weigel immer wieder Eindrücke von Menschen mit Bewußtsein vermittelt. Durch diese Begegnungen bin ich um so vieles reicher geworden. Ich habe sie alle kennengelernt: die bereits Erwähnten und die, die jetzt meinen Kopf durchwandern, seine engen Freunde, mit denen ich auch beruflich näher zu tun hatte, wie Alexander Steinbrecher, Friedrich Hollaender, Blandine Ebinger (soeben erfahre ich von ihrem Tod; ein großer Verlust für Berlin), Käthe Gold, Heimito v. Doderer, Hilde Spiel, Friedrich Torberg, die Autoren und Komponisten aus der Zeit der „Literatur am Naschmarkt": Hans Horwitz, Walter Engel, Rudolf Spitz – immer wieder Beisammensein mit Karl Böhm und Walter Taussig, Gerhard Bronner, Paula Wessely, Attila Hörbiger, meine Gastspiele bei Boleslaw Barlog, immer wieder das Alban-Berg-Quartett, Franz Nabl, Julian Schutting, Jörg Mauthe, Bruno Kreisky, Rudolf

Kirchschläger, Erich Fried, Milo Dor, Marianne Gruber, Lotte Ingrisch, Gottfried von Einem, Walther Birkmayer, Gustav Rudolf Sellner, Hermann Friedl, Herbert Eisenreich, Gerd Bacher, Reinhard Urbach, Georg Kreisler, Paul Flora, Kurt Moldovan, Christian Broda, Christine Brückner, Marcel Reich-Ranicki, Hans Fronius, Pavel Kohout, Heidemarie Hatheyer, Kurt Riess – seine engen Freunde Erich Landgrebe, Paul Burkhard, die geliebte Lilly Sauter, die geliebte Marlene Haushofer – ich lernte Paula Grogger kennen und Christine Busta, wir waren Kaffee trinken mit Arthur Miller und Inge Morath, ich sprach mit Elias Canetti, und Hans zeigte mir Adorno und die Bachmann.
Seine anderen Dichterfreunde glaube ich aus seinen lebendigen Beschreibungen von Gerhard Fritsch über Hertha Kräftner, von Raimund Berger bis zu Kurt Absolon und Herbert Zand zu kennen.
Einer seiner Freunde war Fritz Hochwälder. Die Beziehung zwischen den beiden ist etwas schwierig wiederzugeben. Ihre Freundschaft drückte sich in der Weise aus, daß sie einander gegenseitig den gleichen Namen gaben. Es wäre unangenehm gewesen, wenn bei uns zufällig jemand am Telefon gewesen wäre, der mit dem Ausruf des Anrufers als Uneingeweihter nichts hätte anfangen können: „Hallo, hier ist der Oasch. Is der Oasch zu Hause?" – Ich habe gehört, daß es bei der Fritz-Hochwälder-Ausstellung unmöglich war, Weigel-Briefe zu verwenden, weil es keinen gibt, der nicht bei der Anrede und am Schluß dieses Wort enthält.

... und da werde ich angerufen vom Kulturverein Wieden in einem Kaffeehaus in der Wiedner Hauptstraße, in diesem Café, an dem ich immer vorbeifahre und einen liebevollen Blick darauf werfe, weil es an einem so

hübschen Platz liegt, wo die Straßen in eine Schräge zusammenlaufen, Café Wortner heißt es – dort soll ich eine Hans-Weigel-Lesung machen. Ja – auch in diesem Café wird er oft gesessen sein mit seinen zwei Brillen übereinander und Gedanken niedergeschrieben haben. Wahrscheinlich sind alle Kaffeehäuser in Wien von seiner Gegenwart in irgendeiner Zeit berührt worden. Ich will gar nicht vom „Arbeitszimmer" Kaffeehaus reden, denn dieses Thema erscheint immer wieder in seinen Texten.
Also versuchte ich, einen sogenannten Querschnitt durch seine Bücher und Schriften zu finden. Ich wußte, daß ich mich auf Unlösbares eingelassen habe, aber wie kompliziert diese Aufgabe war, erfuhr ich erst bei dieser Unternehmung – bei diesem Unterfangen. Ich war von Stößen seiner Bücher umgeben und war ratlos. Erstens ist es schwer, kurze Stellen zu finden, weil sein Stil der große Bogen war. Ich wollte zum Beispiel aus der „Flucht vor der Größe" Abschnitte finden, was kaum möglich ist, weil jedes Thema einen sehr langen Atem hat und man bei einer Lesung die Zuhörer nicht überbeanspruchen darf. Das Witzige soll von Ernstem gebrochen werden. Trotz Anspruchsvollem darf der Unterhaltungswert nicht fehlen – wie, wo fange ich an? Was würde Hans sagen? – Greif zu, denk nicht nach und denk dabei!
Und so war in Kürze das Programm „Hans Weigel quergelesen" auf der Welt. Bestehend aus Texten, die mir persönlich wichtig sind. – Ein kleiner, mit Menschen gefüllter Raum – von ferne das von ihm so geliebte Geräusch von Geschirrklappern, undefinierbares Geplauder von Kaffeehausgästen – ein Publikum, das weiß, worauf es wartet. Das erwartet.
Ich baute einen Berg von Büchern um den Tisch, auf den ich mich setzte, zwei meiner Schüler des Konservatoriums

waren meine Helfer. Sie plazierten sich links und rechts von mir und reichten mir in fast artistischer Weise Buch um Buch, Text um Text.
Es funktionierte. Aus einer vorgenommenen Stunde wurden knappe zwei. Die Zeit verflog, das Publikum verfolgte mit mir die Zeilen, die, quergelesen, ein Bild von dem Autor ergaben, der stolz und glücklich gewesen wäre, wenn er hätte dabeisein können. Aber in irgendeiner Form war er ja auch dabei.
Ich wiederholte diese Lesung im Theatermuseum am Lobkowitzplatz, in diesem schönen Saal, und dann in Graz für Styria, und so entstand die Idee des Verlages, dieses Programm als Grundlage für ein Buch zu nehmen. Wieder so ein unlösbares Unternehmen: Was ist das Wichtigste? Jeder Satz! Aber so ein dickes Buch kann es nicht werden. Das Telefonbuch wäre eine dünne Broschüre dagegen. Aber da ist die Elke Vujica, die durch die vieljährige Lektorarbeit mit Hans vieles weiß und kennt. Sie wird mir helfen, auszuweiten, zu streichen, dazuzugeben, einzusammeln, zu sichten, wegzulassen, zu verlängern, abzurunden. Und so trau ich mich.
Hier muß ich noch etwas Wichtiges einfügen: Mein großer Dank geht an Georg Fritsch, der mit seinem ungeheuren Wissen mir geholfen hat, die Stöße von Manuskripten zu ordnen und Klarheit in die Lebensarbeit von Hans zu bringen.
Ich hoffe, einen Hauch der Ideen und Gedanken gefunden zu haben und so dem Leser einen Schimmer des Werkes von Hans Weigel zu vermitteln.

II.
Nach wie vor Texte

1.

Apropos Wörter, apropos Schriftsteller

Es waren immer die Augen. Schon als Kind. Seine Tante hat immer gesagt: Hans, lies nicht so viel, sonst wirst du noch ganz blöd. – Aus immerwährendem Lesen ist immerwährendes Schreiben geworden. Und es wurde immer schwieriger. Alle Lupenmodelle hab ich erstanden.
Mit Leuchten und Gestellen, große, kleine, zum Reisen, fix montierte, verstellbare, Zeilenlupen und solche mit Griffen. – Es gab eine Zeit, wo er sie alle von früh bis abend ausprobierte. Er war vertieft in Stöße von Manuskripten, von denen er sich nicht trennen konnte.
Es waren die Fahnen zu den Tagebüchern von Arthur Schnitzler. Bände dieser kleinen Schrift hat er mit der Lupe gelesen. – Zum ersten Mal ist es mir gelungen: Die letzten zwei Portionen durfte ich ihm vorlesen. Es war eine aufregende Zeit. Wir lebten miteinander in der Lebenswelt Schnitzlers. Wir tratschten über ihn und seinen Freundeskreis, und plötzlich waren sie alle Bekannte. Wir lebten das Leben Schnitzlers mit. Tag für Tag. Mit allen Kleinigkeiten. Wir waren mit ihm im Gespräch.

VOM BÜCHERSCHREIBEN

Ich schreibe nirgends lieber als in einem bequemen Eisenbahnwaggon – und am zweitliebsten in einem fremden Kaffeehaus.

Der große Karl Schönherr hat fast immer in seinem Bett geschrieben.

Komisch, daß man nicht prinzipiell an einem Schreibtisch schreibt. Ich muß es natürlich auch, wenn ich zum Schreiben Material brauche, das ich rund um mich ausbreite. Oder beim Übersetzen, wenn ich das Original vor mir in bequemer Sichtweite haben muß. Aber beim Molière-Übersetzen habe ich dem Schreibtisch ein Schnippchen geschlagen. Ich habe in ein großes Buch das in Seiten aufgeteilte Original auf die linke Seite geklebt und rechts gegenüber die Übersetzung hingeschrieben. Das geht im Waggon, das geht im Café, das ging sogar einmal in einer Loge der Wiener Staatsoper, die ich um eine Stunde früher aufsuchte.

Beim Übersetzen sind die Intervalle zwischen den Arbeitsgängen nicht so wichtig, beim Schreiben von Prosa sind sie ein Problem. Im Abschnitt 4 zum Beispiel ist zwischen der Niederschrift des Passus „Mein Verleger Henry Goverts …“ und des nächsten „Er war eine leuchtende Ausnahme …“ mehr als ein Monat vergangen. Merkt man's? Man sollte nicht.

Der ungeschriebene Vertrag zwischen dem Autor und dem Leser beruht auf zwei irrealen Voraussetzungen. Der Autor muß den Eindruck erwecken, er habe sein Buch in einem Zug geschrieben (in *einem* Zug, nicht in einem *Zug*). Und: der Autor muß sich der Illusion hingeben, daß der Leser sein Buch in einem Zug liest.

Daß so viele Leser Bücher im Bett lesen und die Lektüre abbrechen, wenn der Schlaf sie übermannt, das weiß jeder. Aber man muß es vergessen, während man ein Buch schreibt.

Daß der Autor in euphorischer Stimmung Seite um Seite schreibt, dann unterbrochen wird und erst einige Tage später zum Weiterarbeiten kommt, übellaunig, übernächtig, und man darf's dem Text nicht anmerken – das ist eine bedeutende Hypothek, die auf dem Bücherschreibenden lastet, eine ganz besondere, wenn er nicht als er selbst schreibt, sondern sich eine Figur mit eigenartiger Charakteristik als Erzähler zurechtgelegt hat. Auch ist es schwierig, sich wieder in einem komplizierten Handlungsgeflecht zurechtzufinden. (Doderer verwendete große graphische Skizzen an den Wänden.)

Das Ärgste aber ist es, die Stimmung über eine Arbeitsunterbrechung hinweg durchzuhalten ... Man soll, wenn man irgend kann, einige Notizen über die unmittelbare Fortsetzung hinwerfen, ehe man vom Text Abschied nimmt. Man soll weiterschreiben wollen, weiterschreiben können. Einen großen Abschnitt beendet haben, dann befriedigt aufstehen – das macht den nächsten Abschnitt schwieriger. Man soll nie aufatmen. Man soll sich als zünftiger Autor vor dem Aufatmen hüten. Die Zufriedenheit ist der Feind der Literatur. Mehr als das: Es ist, weitverbreiteter Meinung ungeachtet, kein Vergnügen, Künstler zu sein.

Man hat den Beruf erwählt, weil man nicht anders konnte. Doch kaum hat man ihn, leidet man. Muß man leiden. Kein Autor schreibt gern, kein Maler malt gern, kein Komponist komponiert gern. Der Schauspieler leidet, der Sänger leidet, der Geiger leidet. Manche Pianisten leiden nicht, manche (sehr wenige) Dirigenten dirigieren gern. Es ist wie bei den Kindern Israels: ein auserwähltes Volk, aber um welchen Preis! ...

Man muß sich zwingen, zu schreiben. Zu Hause sind so viele Ausreden. Man verabredet sich also in einer Hotelhalle oder einem Café für sechs und sitzt schon um drei dort. Was bleibt einem übrig? Man muß. Ich habe auch die Bahnhöfe in den Dienst meiner Arbeit gestellt. Eben sitze ich auf einem trostlosen Salzburger Bahnsteig, es ist elf Uhr vierzig, mein Zug fährt um zwölf Uhr vierzig ab. Ich sitze hier schon seit: „Aufatmen und Zufriedenheit sind Kennzeichen des Dilettanten."

Das Phänomen, das ich hier darzustellen versuche, hat mehrere Wurzeln. Da ist erstens das Generalproben-Premieren-Syndrom am Theater: Generalproben-Verzweiflung – gute Premiere. Und das geht über den Aberglauben hinaus. Man darf sich nicht sicher fühlen. Zweifel am Gelingen beflügeln die Leistung. Man darf sich nicht sicher fühlen! Können ist keine absolute Konstante. Können ist: Können plus Können. Fragen Sie einen Redner, einen Fußballer, einen Geiger. Man muß erstens können, was man soll, und man muß es, zweitens, gerade jetzt können können ...

Während ich das schreibe, befällt mich Depression zum Quadrat. Wahrscheinlich ist mir das alles in diesem Manuskript mißlungen. Aber ich habe es zum eisernen Prinzip gemacht, weiterzuschreiben, nichts wegzuwerfen, weiterzuarbeiten, wie der Arbeiter am Fließband, nach dessen Stimmung auch niemand fragt.

Die äußerste Tröstung, die mir zu Gebot steht: Ich kann's ja morgen wegwerfen – ach, wir Armen.

Da ist aber noch eins, das die Optik des Schreibenden so sehr beeinträchtigt und das eben Geschriebene für ihn abwertet. Er weiß das ja schon, er hatte es in sich, bevor es dastand. Er hat es, wenn es dasteht und er es durchliest, ja schon niedergeschrieben. Es soll für den Lesenden neu sein, aber ihm ist's nicht neu.

Der Maler kann zurücktreten und sein Werk betrachten. Das Ganze mit einem Blick.

Der Autor nicht.

Er kann nicht den Leser spielen, der das Buch konsumiert.

Wenn er sich eine spannende Episode ausgedacht und niedergeschrieben hat, kann er beim Durchlesen nachher nicht feststellen, ob das Spannende ihm gelungen ist. Er weiß ja schon alles im voraus.

Eigentlich – das hat vor ein paar Tagen meine Kollegin Annemarie E. Moser gesagt, und es ist namenlos wahr –, eigentlich sollte man einen Roman schreiben, dann ein Jahr liegenlassen und vergessen, dann lesen und sehen, was stimmt und was nicht stimmt.

Aber wer kann das denn?

Meist müssen wir Termine einhalten und müssen „abliefern" – ein schrecklicher Fachausdruck im Zusammenhang mit geistig-künstlerisch-literarischer Arbeit.

Mir ist es – selten genug – gelungen, ideale Bedingungen zu schaffen. Ich hab' mich einmal in einen Vorort von Wien, einmal in das Hotel Tulbinger Kogel bei Wien, einmal in das Arber-Schutzhaus im Bayrischen Wald, einmal in das Haus Fallegg bei Zell am See, einmal auf die Gersbergalm bei Salzburg gesetzt, in Klausur sozusagen, und habe nur geschrieben. Am Vormittag fünfzehn Manuskriptseiten, am Nachmittag fünfzehn Manuskriptseiten, ohne Rücksicht auf Stimmung und Einfälle. Das ergibt ein schlankes, aber immerhin ein Buch in etwa vierzehn Tagen. Nach Tisch ein ausgiebiges Schlafintermezzo, so daß man abends nur schwer einschläft. Es arbeitet im Kopf weiter, und man kann wesentliche Notizen für den nächsten Tag gewinnen.

Es gibt auch literarische Nachtarbeiter (Karl Kraus, Friedrich Torberg). Da verschiebt sich der Tag um je zwölf Stunden.

Ist das Manuskript fertig, legt man es, gut sichtbar, irgendwo ab und umschleicht es Tag für Tag voll Angst. Dann liest man's im Zusammenhang durch. Wenn man besonders feig ist, beginnt man, es ungelesen zu tippen, und behält die Angst vor der jeweils nächsten Portion während des Tippvorgangs.

Aber auf diese Manier ist mindestens einige Distanz erreicht. Ein Jahr liegenlassen, das ist mir leider nie gelungen. Meine Voraussetzung –

(– wenn ich mich in diese Darstellung so ausgiebig hineinnehme, ist das nicht Wichtigtuerei oder Selbstüberwertung; ich muß mein eigener Naturgeschichtler sein, ich glaube auch, daß Brehms Tierleben anders und authentischer ausgefallen wäre, wenn es von Fischen, Paarzehern und Ameisen geschrieben worden wäre und nicht von Brehm –)

Meine Voraussetzung für das Arbeiten ist äußerste Einsamkeit, aber Einsamkeit besonderer Art, in Hotelzimmern, in Hotelhallen, auf Bahnhöfen, in Zügen, in Kaffeehäusern. Es dürfen in der Nähe keine Gespräche oberhalb einer gewissen Geräuschschwelle stattfinden. Musik darf sein, außer ich schreibe ein Chanson.

Ich habe mir sogar gräßlicherweise angewöhnt, wenn ich zu Hause oder in Hotelzimmern schreibe, das Radio anzudrehen, Musik welcher Art immer. Ich höre, daß junge Leute das auch beim Lernen gern machen. Ich verstehe sie. Ich weiß auch, daß meine verehrte und liebe Friederike Mayröcker ihre Platten hat, die sie beim Arbeiten anregen, Brahms und Chopin. Mir ist's egal, es darf Ö 3 genauso sein wie Ö 1, Mozart ist, wie auch sonst, der Beste, nur bei Liszt muß ich einen anderen Sender suchen, der geht mir zu sehr auf die Nerven.

Ganz, ganz selten bin ich froh beim Arbeiten.

Das Schwarze sind die Buchstaben

SPRACHE ALS SCHICKSAL

Vorläufige Bemerkungen über das „Österreichische" in der österreichischen Literatur

Die deutsche Literatur ist vergleichsweise jung. Sie ist spät daran innerhalb der abendländischen Kultur- und Geistesgeschichte der Neuzeit.

Die österreichische Literatur fragt, während diese Zeilen geschrieben, gedruckt und gelesen werden, lebhaft danach, ob es sie gibt und worin ihr Österreichisches besteht. Sie ist innerhalb der Literatur deutscher Sprache ebenso verspätet dagewesen wie diese innerhalb der neuzeitlichen europäischen Literatur, und sie hat, überdies, ein rundes Jahrhundert gebraucht, um sich selbst als österreichisch erleben zu lernen.

Die englische, die französische, die spanische Literatur waren fraglos auf London, Paris, Madrid als Zentren und Richtpunkte orientiert – die italienische Literatur hatte immerhin ein räumlich vorhandenes Italien als Maßstab und Aufgabe wie die deutsche Literatur das räumlich und sprachlich einheitliche Deutschland. Die österreichische Literatur aber mußte sich mit einem nicht recht faßbaren Begriff namens Österreich auseinandersetzen, der historisch, politisch und geistig vieldeutig und variabel war und geblieben ist, der stets in der Spannung von Idee und Wirklichkeit, von Vergangenheit und Gegenwart oszilierte.

Die österreichische Literatur war und ist immer zugleich mehr und weniger als ein gleichberechtigter Sektor der Literatur in deutscher Sprache.

Es gibt ebensowenig eine österreichische Sprache, als eine belgische und schweizerische Sprache existiert; wohl aber ist die Sprache, in welcher der Österreicher träumt, denkt, spricht und schreibt, von allem Deutsch außerhalb Österreichs merkbar unterschieden. Sie nimmt etwa eine mittlere Position zwischen dem Deutsch der Schweizer und dem Deutsch der Deutschen ein. Die Schriftsprache der deutschsprechenden Schweizer ist, mit ihrer Umgangssprache verglichen, nahezu eine Fremdsprache. Für den Österreicher ist seine Umgangssprache die Muttersprache und das Deutsche die Vatersprache. Will er sich in Rede oder Schrift unmittelbar ausdrücken, ist er unverkennbar österreichisch. Will er über seine unmittelbare Welt hinaus Gedanken und Bilder zum Wort erhöhen, hat er Widerstände zu überwinden, unvergleichlich intensivere Widerstände als der deutschschreibende Deutsche. Aus dieser höchst produktiven Nötigung ergibt sich in Lyrik und Prosa die besondere Dichte und Größe der Sprache österreichischer Autoren, wenn sie die besondere Aufgabe der Auseinandersetzung mit der besonderen Ausgangssituation des österreichischen Dichters bewältigen, wenn sie gleichsam die rechte Synthese von Mutter und Vater verwirklichen, ergibt sich aber auch die besondere

Gefahr für die österreichische Literatur, im Provinziellen steckenzubleiben.

Aus dieser schicksalhaften Hypothek resultiert auch die besondere Tragik des österreichischen Dramas. Der österreichische Dramatiker ist mit einem selbstmörderischen Dilemma konfrontiert. Er kann entweder seine Gestalten sich unmittelbar in dem ihnen gegebenen Wort ausleben und ausdrücken lassen; dann erreicht er mitunter weltliterarische Höhen, aber den Preis der Unübersetzbarkeit, der höchst begrenzten Verständlichkeit außerhalb Österreichs. Die bedeutenden Dramen Raimunds, Nestroys, Schönherrs, Schnitzlers und „Der Schwierige" von Hofmannsthal, Höhepunkte der österreichischen dramatischen Literatur, können nicht nur in fremde, sondern auch in die eigene Sprache nicht übersetzt werden. Das Umsteigen in den Ewigkeitszug ist für das österreichische Theater nur von der Lokalbahn aus möglich; „Die Zauberflöte", das österreichischeste aller Bühnenstücke, repräsentiert gültig diese besondere Konstellation.

Sucht der österreichische Dramatiker jedoch aus der scheinbaren Begrenzung des Lokalen und Regionalen in das Allgemeine vorzustoßen, muß er zuviel opfern und wird an der Sprache scheitern. Ein österreichischer Autor (hiermit wird eine persönliche und sicherlich provokante Meinung geäußert) kann sich in Lyrik und Prosa dem deutschen Autor ebenbürtig oder gar überlegen aussprechen, aber er kann lebendige Gestalten auf der Bühne nur dann mit Aussicht auf Gelingen sich ausdrücken lassen, wenn sie aus seiner unmittelbaren Welt kommen und in ihr verharren. Darum blühte in Österreich stets das dramatische Handwerk, das Libretto mittleren und niederen Ranges, darum blühte und blüht auch stets der besondere, besonders strukturierte, überaus geschätzte, terminierende österreichische Schauspieler (der vor dem Dramatiker Vorrang genießt), welcher sich ohne den Zwang zur „Umsetzung“ unmittelbar in seiner naturgegebenen Sprache elementar auszudrücken vermag.

Der Lyriker und Prosaschriftsteller österreichischer Herkunft muß, wie jeder deutschschreibende Autor, seine Sprache erst ad hoc schaffen. Anders als in den anderen Literaturen gibt es im Deutschen keine bindende, geprägte, maßgebende sprachliche Norm. Der deutsche Sprachföderalismus verleiht der deutschen Sprache gerade auch da, wo sie die hochdeutschen Höhen anvisiert und erreicht, ihre beglückende Vielfalt und begnadete Einzigartigkeit.

Für den in deutscher Sprache schreibenden Österreicher ist der Weg zur Vollendung, wie schon gesagt, weiter und mühseliger als für den deutschen Autor deutscher Herkunft. Der Deutsche muß seine Sprache entdecken, der Österreicher muß sie erfinden und sich in ihr entdecken. Diese Problematik erklärt vielleicht die besondere Beziehung der österreichischen Literatur zu ihrer Sprache und die ausgeprägte Tendenz der österreichischen Literatur, mit der Sprache zu spielen, sich der Sprache bewußt zu sein, im Material zu arbeiten. Wo das Wort nicht selbstverständlicher Besitz ist, sondern fragwürdig, und aus der Fragwürdigkeit durch Gestaltung erlöst sein will, wird es transparent.

Träume und Gedanken müssen in der österreichischen Literatur einen weiteren Weg zurücklegen als in den sprachlich gesicherten Bezirken der deutschen Lyrik und Prosa, um Form zu gewinnen. Es ist bemerkenswert, bedenkenswert und spricht von tiefer Notwendigkeit, daß der Österreicher Karl Kraus der extremste und unerbittliche Verfechter des Sprachlichen als des höchsten Kriteriums jeder Lebensäußerung gewesen ist. Für Karl Kraus ist die „Sprache unser“ der absolute Maßstab von Wert und Unwert weit über die Literatur hinaus, er selbst meisterte sie und war ihr in äußerster Hingabe verbunden und verfallen, wie es nur einer werden konnte, dem sie – gleich Demosthenes – nicht unmittelbar mitgegeben war, sondern der als Österreicher erst fanatisch um sie werben, Widerstände überwinden mußte, um sie sich ganz zu eigen zu machen.

Auf dem schmerzhaften Weg solcher Annäherung ergeben sich große Einsichten und geheimnisvolle Abenteuer. Die Spannung im Erlebnis des Wortes kann sich auf dem Weg des schöpferischen Witzes entladen, die Lust des Entdeckens und Erfindens im Bereich des scheinbar Gesicherten und Bekannten kann sich im Spiel erfüllen.

Die Österreicher kultivieren den Witz und lieben das Spiel mit dem Wort und der Sprache, nicht weil ihnen die Sprache selbstverständlich ist, sondern gerade weil sie ihnen, Wort für Wort, jeweils neu zum Erlebnis wird.

Wenn eine erste, überaus begrüßenswerte und sehr zeitgemäße Zusammenschau der österreichischen Literatur dieses Jahrhunderts unternommen wird, scheinen mir Andeutungen solcher Art über das Sprachliche als Fundament und Voraussetzung unerläßlich. Sie wollen Vorarbeit leisten für die Selbsterkenntnis Österreichs im Spiegel seiner Literatur. Sie sind hierfür umso wesentlicher, als die Frage nach dem Österreichischen dieser Literatur Einigkeit darüber, was „österreichisch“ ist, voraussetzt und als diese Einigkeit nicht besteht.

Das Wort „Österreich“ wird noch in diesem Jahrhundert sein Millennium feiern. Doch sein Inhalt ist nicht nur „horizontal“ im Lauf der Geschichte veränderlich gewesen, sondern variiert auch „vertikal“ in den Vorstellungen der Zeitgenossen. Daß in letzter Zeit die Frage nach dem Österreichischen immer lebhafter gestellt wird, scheint ein positiver Aspekt der Gegenwart, wenngleich es ein österreichisches Paradoxon darstellt, daß die Frag-Würdigkeit als Symptom der Lebendigkeit angesprochen wird.

Die österreichische Literatur der Neuzeit ist noch entfernt davon, zweihundert Jahre alt zu sein; sie wurde überdies zur „österreichischen“ Literatur erst rückwirkend erklärt, wobei sich das Adjektiv „österreichisch“ und das Substantiv „Literatur“ in die rückwirkende Tendenz teilen (denn die dramatische Literatur der österreichischen Volksklassik gilt erst dem ersten Drittel dieses Jahrhunderts als Literatur).

Die österreichische Literatur befand sich während ihrer großen Stunden von der Blüte der Volkskomödie über die einsame Vollendung der Prosa Adalbert Stifters bis zum entscheidenden Augenblick des Aufbruchs unseres Jahrhunderts stets in einer Zweifrontensituation: Sie hatte sich innerhalb Österreichs als „deutsch“ von der nichtdeutschsprachigen Literatur der österreichischen Länder abzugrenzen und ihr gegenüber zu behaupten, ebenso aber als „österreichisch“, also nicht deutsch, von der Literatur Deutschlands zu unterscheiden. ...

Das Wunder der österreichischen Literatur besteht darin, daß Österreich in seiner Literatur und daß diese Literatur in Österreich trotzdem existiert und mehr als dies: daß sie seit dem Eintritt in ihr Jahrhundert eine schier unbegreifliche und sehr kontinuierliche Blüte erlebt, ein perikleisches Zeitalter ohne den geringsten Perikles – daß sie im Begriff ist, nicht nur eine Gegenwart und Zukunft zu haben, sondern sich auch, vom neugewonnenen Stand- und Blickpunkt aus, die Vergangenheit neu zu holen und das Österreichische in ihr und von ihr her auf die Gegenwart und Zukunft hin zu erleben – daß sie eminent und eindeutig österreichisch ist, noch ehe sie erkannt hat, worin dieses ihr spezifisches So-Sein besteht.

Nach wie vor Wörter

DIE BESTSELLER-UMFRAGE

Allenthalben blühen die Institute. Sie breiten sich aus und rinnen wie verschüttetes Wasser in die Breite.

Bald wird es so sein:

Ehe man ins Theater geht, wird man eine Studie über das Applausverhalten lesen (notfalls in Auftrag geben) und sich dann nach ihr richten.

Ehe ein Mann seine Frau umarmt, wird er den Kinsey-Report konsultieren.

Ehe man essen geht, wird man eine Untersuchung über die Eßgewohnheiten befragen (notfalls bestellen).

Vor dem Kartenspiel, Schlittschuhlaufen, Bootfahren, Bergsteigen, Kegeln, Rodeln wird man sich die einschlägige Literatur über das Freizeitverhalten zu eigen machen.

Die Psychosoziologie wird den Menschen, wie er ist, solange zu erfassen versuchen, bis der Mensch so zu sein versuchen wird, wie er von der Psychosoziologie beschrieben wird.

Und so werden allmählich die auf ungute, unglaubwürdige Manier zustande gekommenen unrichtigen Angaben immer richtiger und schließlich richtig sein.

Wenn ich als Laie in einem medizinischen Fachbuch das Kapitel über Halsschmerzen lese, bekomme ich Halsschmerzen.

Wenn ich in einer Studie lese, daß neunzig Prozent der Männer meines Alters und meines Berufs mit meinem Einkommen in einer Stadt von der Größe meines Wohnorts, sofern sie den Abend zu Hause verbringen, an neun von zehn Abenden fernsehen, begebe ich mich ins Wohnzimmer und drehe auf.

Wenn ein Diktator melden läßt, neunundneunzig von hundert hätten Ja gestimmt, werden bei der nächsten Volksabstimmung tatsächlich mehr als neunzig Prozent für ihn stimmen.

Ähnlich, wenn auch weit lustiger, geht es bei der Ermittlung der sogenannten Bestseller zu.

Eine Redaktion ruft soundso viele Buchhändler an und fragt, welches Buch (welche Bücher) in der zu Ende gehenden Woche am besten verkauft wurde(n).

Da die Liste am Samstag erscheinen soll und die Redaktion demgemäß spätestens Freitag nach Tisch anruft, sagt das Resultat nichts über „die Woche“ aus, sondern betrifft nur die Zeit bis zum frühen Nachmittag des Freitags. Und am Freitagnachmittag und am Samstagvormittag sind die Buchhandlungen besonders gut besucht. Aber das wollen wir vernachlässigen.

Selbst die große Buchhandlung verkauft sogar von erfolgreichen Büchern innerhalb einer Woche nur eine vergleichsweise geringe Anzahl von Exemplaren. Und führte sie genau Buch und hielte ihr Lager, Woche für Woche, genau in Evidenz, wird es sich in den Monaten

Januar bis November um ein Übergewicht von einem, höchstens zwei Exemplaren handeln, wenn neun-, zehn- oder elfmal „Perlen bedeuten Tränen“ von Simmel, elf-, zehn- oder neunmal „Die Zukunft hat schon wieder aufgehört“ von Jungk und neun-, elf- oder zehnmal der Report über die erste Kopftransplantation im Institut für Kopflosigkeit der Headline Clinic in Sandford verkauft werden. (Elementarereignisse wie „Dr. Shivago“ sind ausgenommen.)

Fragt die Redaktion den Buchhändler nach seinem Wochenbestseller, wird er vielleicht den Verleger des gutgehenden Jungk weniger schätzen als den Kopf-Report-Verleger und daher dieses Buch nennen. Es könnte auch sein, daß er sich verschätzt und von dem Simmel-Roman zu viele Exemplare bestellt und zu wenige verkauft hat. Aus Angst, daß sie ihm liegen bleiben, wird er den Simmel-Roman nennen, um ihm Auftrieb zu geben. Ein dritter wünscht einem Buch, das er besonders schätzt, größeren Erfolg und nennt daher seinen Titel. Vielleicht wünscht er auch einem kostspieligen Buch stärkeren Absatz, weil an ihm mehr zu verdienen ist. Auch spielt das Prestige eine Rolle. Die intellektuell ambitionierte Buchhandlung rühmt sich ungern eines Illustrierten-Hits und imponiert der Redaktion, wenn bei ihr Gottfried Benn, Helmut Schelsky oder H. C. Artmann besonders gefragt sind.

Auch sind manche Buchhandlungen mit Verlagshäusern liiert, andere wieder stehen politischen Parteien nahe, der Gewerkschaft, der Kirche. Wir sind ja liberal geworden: in der frommen Buchhandlung ist der neueste halbpornographische Roman zu haben, in der fortschrittlichen Buchhandlung das neue Buch über den alten Kaiser – aber selbst wenn die eine oder die andere

Novität der Wochenschlager wäre, hat man doch Hemmungen, die Gegenseite derart herauszustellen.

Börsenkurse, in Form einer Liste übersichtlich gruppiert, stimmen.

Bestseller, in einer gleichartigen Liste übersichtlich gruppiert, sind auf die eben angedeutete Manier höchst fragwürdig ermittelt worden.

Und doch stimmt die Bestsellerliste. Allerdings erst von dem Augenblick ihrer Veröffentlichung an. Die schwarz auf weiß gekennzeichneten Bestseller beeindrucken den Leser derart, daß ihr Absatz sich in der folgenden Woche steigert und sie unter Umständen dann tatsächlich bestgesellt werden.

Und so sähe das Ergebnis einer Umfrage aus, die ich mir gefallen ließe:

Von den befragten Buchhändlern gaben einundachtzig Prozent an, daß sie den Redaktionen auf die Frage nach dem Bestseller der abgelaufenen Woche regelmäßig unrichtige Antworten geben, neunzehn Prozent erklärten, daß sie auf diese Frage stets wahrheitsgemäß antworten.

Von den einundachtzig Prozent lügen achtzehn Prozent, weil das tatsächlich meistverkaufte Buch oder sein Verlag ihnen politisch oder weltanschaulich oder aus Gründen des privaten Ressentiments nicht liegt, sechzehn Prozent, weil das meistverkaufte Buch nicht jenes Niveau hat, zu dem eine angesehene Buchhandlung sich gern bekennt; siebenundvierzig erklären, daß der von der Redaktion Befragte nicht genau wußte, welches Buch in der betreffenden Woche am besten gegangen sei, und auf gut Glück sagte, was ihm gerade einfiel.

Der exakte Schwindel

Der Hermann Hesse ist ein Angelpunkt geworden, das kann mir nur recht sein. Er ist ein Gegenbeispiel gegen die Todsünden der patriotischen Gedichte von 1914 an, die literarischen Kriegsverbrecher, er ist ein Bote der Möglichkeit, Arges „ins kühle Nichtgewesensein zurück“ zu befördern. Ich weiß, daß man Vergangenheit nicht durch Verdrängung bewältigen kann. Ich weiß. Ich weiß.

Alexander Mitscherlich hat den guten Begriff „Trauerarbeit“ geprägt. Doch man kann nicht vierundzwanzig Stunden täglich arbeiten. Bald nach dem Ende des Kriegs gab es das Schlagwort „Niemals vergessen“. Es war damals legitim. Wir alle kennen den Schmerz, den ehrlichen, tiefen, ungeheuerlichen, herzsprengenden Schmerz, wenn uns jemand stirbt. So erging es mir, als ich spät nachts im Radio hörte, daß mein Heimito von Doderer gestorben war, so erging es mir, als ich die unansehnliche Halle betrat, wo mein lieber Freund, der Schauspieler Walter Kohut, aufgebahrt war, und ich werde beide nie vergessen, wie ich viele Verwandte und Freunde und Kollegen nie vergessen werde. Aber wollte ich aller, die ich verloren habe, in meiner Trauer ununterbrochen gleich intensiv gedenken, allen Grauens, das die Zeitläufte über uns gebracht haben, aller Missetaten, die die Missetäter begangen haben, aller Mißhandlungen, die ich erlebt, mit angesehen habe und von denen ich weiß, aller Qual in den Gefängnissen und in den Kasernen und in den Heimen und in den Krankenhäusern, aller unchristlichen Handlungen vieler Christen, aller Wortbrüche und Vertragsbrüche, von denen ich weiß, aller Wochenendruhe von Ärzten, aller kleinen, mittleren und großen Korruptionsfälle, die ich ahne, und aller Phantasielosigkeit, aller Trägheit des Herzens ... ich wäre nicht imstande, meinen Beruf auszuüben. Ich will das alles niemals vergessen, aber als ein solcher Nicht-Vergeßlicher Musik von Schubert genießen können und dürfen.

Der Philosoph Theodor Wiesengrund-Adorno, der den Wiesengrund in seinem Namen gerodet hat, meinte einmal, man könne, dürfe, soll nach Auschwitz keine Gedichte mehr schreiben. Das ist sehr dumm. Man kann, man muß, man darf, man soll. Zum Beispiel die „Todesfuge" von Paul Celan; in ihr steht eine Zeile, die mich nicht losläßt: „... dann habt ihr ein Grab in den Wolken, da liegt man nicht eng." ...

Die große neuere Sünde im Buchwesen ist das Verschwinden von Publikationen. Gewiß sind auch vor Zeiten nicht alle Neuerscheinungen als Alterserscheinungen vorhanden geblieben. Aber der Buchhandel hat seither Züge des Supermarkts angenommen. Da bestellt der Einkäufer eine entsprechende Anzahl Eierbecher, Gießkannen, Schnellkochtöpfe, Knieschoner. Ein Eierbecher zerbricht, meine Tante möchte auch Knieschoner, ich möchte meinem Taufpaten, weil sie ihm so gut gefallen hat, auch eine solche Gießkanne schenken. Nichts da! Es ist wie im Märchen: Man kommt dorthin, wo man war, doch inzwischen sind hundert Jahre vergangen. Solche Eierbecher. Das Personal lächelt mitleidig. Wie kann man etwas kaufen wollen, nur weil es vor sechs Wochen hier zu haben war?

Das ist arg genug bei Eierbechern, Schnellkochtöpfen, Gießkannen oder Knieschonern. Aber es ist tödlich bei Romanen, Biographien, Gedichten.

Wenn wenigstens die Antiquariate etwas taugten!

Aber mit Ausnahme zweier, in der Plankengasse und in der Sonnenfelsgasse, Wien I, habe ich nie bekommen, was ich gesucht habe. Suchlisten müßten umgehen von Südkärnten bis Ostfriesland, aber das würde voraussetzen, daß die Antiquariate wissen, was sie auf Lager haben.

Durch Jahre habe ich eine Reihe „Wiedergefunden" herausgegeben. Ein Buchhändler fragte die Firma, welche diese Reihe ausliefert, nach den bisher erschienenen Bänden und bekam die Anfrage mit dem Vermerk „Unbekannt" zurück. Man ist ihnen ausgeliefert, den Auslieferungen.

Zweitens: Es gibt so viele Bücher, die es verdienten zu erscheinen. Es gibt vor allem eine tragische Abwesenheit neuester Lyrik im Buchhandel.

Lassen wir uns durch die intensive Präsenz Erich Frieds, Ernst Jandls und anderer Privilegierter nicht beirren. Gerade die Tatsache, daß lyrische Texte, wenn nicht von Privilegierten stammend, sozusagen bei den Verlagen unanbringlich sind, ist ein katastrophales Symptom unserer gottlosen Zeit. Die Verleger – es muß gesagt werden – sind sehr dumm. Sie erachten nicht die Tatsache, daß immer wieder lyrische Texte buchhändlerisch erfolgreich und ertragreich waren, Rilke, Weinheber, Kästner, derzeit Jandl und Fried. In Außenseiterreihen gibt es kleine schmale Bände von wenigen Seiten, eigentlich nur für die Autoren als Repräsentation …

Die 1000 Todsünden

ADALBERT STIFTER

Österreichs Prosa beginnt im eigentlichen Sinn erst mit Adalbert Stifter. In Österreich war viel Theater gewesen, es war viel gebaut worden, die Malerei hatte ihre seltsame, isolierte Blüte in der Donauschule erlebt, doch nur die Musik hatte über die Grenzen der Landschaft und der Zeit hinaus ihre großen, reinen, höchsten Werte in Österreich geschaffen. Mit Adalbert Stifter tritt der erste Meister der Sprache ebenbürtig neben die Meister der Musik, in Adalbert Stifters Prosa erschafft sich die österreichische Literatur in deutscher Sprache. Und indem wir seine Lebensdaten in die großen Linien einfügen, sehen wir, wie nah Stifter noch den Anfängen und wie nah er doch schon auch uns ist. Ein rundes halbes Jahrhundert nur nach Matthias Claudius, Gottfried August Bürger, Goethe, dreißig Jahre nach dem „Werther" geboren, und sechsunddreißig Jahre nach Goethe, als August Strindberg neunzehn Jahre, Sigmund Freud und Oscar Wilde zwölf, Knut Hamsun acht, Gerhart Hauptmann und Arthur Schnitzler sechs Jahre alt waren, sechs Jahre vor Karl Kraus', zehn Jahre vor Georg Kaisers, fünfzehn Jahre vor Franz Kafkas Geburt gestorben. Er ist noch nicht hundert Jahre tot, er begann erst im vierten Lebensjahrzehnt zu schreiben – was wir an österreichischer Prosa bis heute lebendig bewahren, hat erst vor einem Jahrhundert begonnen. Ihr Ahne und Höchster war Zeitgenosse der Anfänge und der Neuen, die sich die „Modernen" nannten und erst in unseren Jahren die große Probe der Vergänglichkeit zu bestehen haben. Wie kurz ist die Spanne der Literatur in deutscher Sprache, wie nah sind sie alle einander und uns!

Anfang und Höhepunkt zugleich: Wie in der griechischen Tragödie, wie in der symphonischen Musik, wie in der Kinematographie eine neue Form im Entstehen das Äußerste verwirklichte und dann nie mehr überbot, bestenfalls erreichte, ist auch die österreichische Prosa in Adalbert Stifter der Erfüllung teilhaftig geworden wie seither nie wieder. Und um die Größe nicht durch Bewußtsein der Größe zu gefährden, mußte diese Prosa im Nebenbei entstehen, neben der Malerei zunächst, neben dem Schulamt später, in einem stets tätigen, doch bewußt abseits gehaltenen, unauffälligen, sensationsarmen Leben, mußte sich und ihre Größe derart verschlüsseln und verstecken, daß die Nachwelt sie beinahe ein halbes Jahrhundert lang ganz übersah und ihrer erst von großer Distanz her inne zu werden begann – im Aufschwung einer Wiederkehr ohnegleichen, deren Daten und Ausmaß geheimnisvoll an die Renaissance Johann Nestroys erinnern und deren Grenzen noch nicht zu ermessen sind. ...

Hier ist die neue Sprache und die neue Dimension, hier ist Adalbert Stifters Selbstverwirklichung vollständig, hier beginnt, sechsunddreißig Jahre nach Stifters Geburt und fünfunddreißig Jahre nach Österreichs Geburt durch den Verzicht des Kaisers Franz auf die Würde des „römischen Kaisers", hier beginnt im Jahr eins der literarischen Laufbahn Adalbert Stifters die österreichische Literatur in einem kaum wieder erreichten und nur von Stifter selbst überbotenen Höhepunkt deutscher Prosa.

Der Stoff ist nun unerheblich, er wird es hinfort bleiben, der Stoff ist nichts, das Material ist alles: die Sprache. Stifters Kunst ist in höherem Sinn gegenstandslose Kunst, weil die Aussage über dem Ausgesagten steht. („Darum ist auch der Stoff so gleichgültig, wenn nur der Mensch sein großes Innere dadurch zu entfalten vermag, und darum sucht gerade die Armut des Innern die allergrößten Stoffe auf und wird auch alle Male von dem Stoff herabgeworfen; denn sie weiß nie, was der Stoff heischt. Der große Künstler zittert vor dem großen Stoffe ..." – er flieht vor der Größe – „... weil er seine Größe erreichen zu können verzagt." Aus einem Brief Stifters vom 15. Januar 1865.)

Flucht vor der Größe

KARL KRAUS: DER APOKALYPTISCHE HUMORIST

Keiner hat Wien und Österreich ein Leben lang derart verhöhnt, geschmäht, vernichtend attackiert; denn keiner hat Wien und Österreich tiefer geliebt und darum so sehr an Wien und Österreich gelitten.

Keiner war ein größerer Journalist als er, der in den Journalisten Teufel sah und sie für den Untergang der Welt verantwortlich machte.

Keiner war so voll von Widerspruch und widersetzt sich so ganz und gar der Klassifizierung und der zusammenfassenden Darstellung. Seine Widersprüche sind nicht aufzulösen, seine Haltung ist selbst in ihrer Oberflächendimension kaum recht zu deuten. Man sah nur, wohin er zielte, und konnte nie recht ausnehmen, von wo aus. Man konnte für ihn, mit ihm sein, aber nie neben ihm.

Jedes seiner Worte, jedes seiner Urteile ist zwar eindeutig und unmißverständlich, ist kaum zu widerlegen. Doch die meisten spotten jeder Frage, in wessen Namen, mit welcher Legitimation sie gesagt wurden. Hinter Karl Kraus steht keine Religion, kein System, keine Partei, hinter Karl Kraus steht immer wieder immer nur Karl Kraus. Er ist sich selbst ein geschlossenes System, er ist eine Ein-Mann-Kirche, ist selbst Gott und Papst und Evangelist und Gemeinde dieses Bekenntnisses. Er spricht in eigenem Namen, in eigenem Auftrag und ohne Rücksicht auf Resonanz. Er verachtet das Publikum seiner Leseabende und haßt die Leser seiner Zeitschrift, er verbittet sich jede Zustimmung. ...

... und hier setzt schon der erste, unauflösliche Widerspruch ein; denn zugleich hängt er am Beifall des Auditoriums, für den er danken kommt und den er voll Stolz registriert, zugleich druckt er ausführlich zustimmende Referate der Zeitungen ab.

Man müßte all das sein, was in seinen Augen widerwärtig und hassenswert war, um den Versuch zu unternehmen, seiner Person und ihrem Ausdruck im Wort gerecht zu werden: man müßte Psychologe, noch besser Psychoanalytiker sein, Literarhistoriker, Historiker und Politiker in einer Person, dazu Österreicher, noch besser Wiener, und mosaischer Herkunft. Man muß all das sein, was er als Möglichkeit in sich hatte, was er zu negieren und zu überwinden strebte und doch, indem er es zu vernichten schien, ein Leben lang gelebt und durch sein Wirken triumphal rehabilitiert hat.

Will man sich nach seiner seelischen Disposition fragen, wird man mit den naheliegenden Oberflächenkategorien „Eitelkeit“ oder „Größenwahn“ nicht viel anfangen können, auch nicht mit dem Habitus, den man „egozentrisch“ nennt; auch die „überkompensierte“ äußere Schwäche wird man nicht brauchen können.

Ich glaube, daß zwei Erkenntnisse am ehesten den Weg zum Verständnis der Einzigartigkeit des Phänomens Karl Kraus eröffnen und daß sie, aufeinander bezogen, seine Entwicklung und seine Besonderheit erklären.

Karl Kraus, materiell relativ unabhängig, frei von Belastungen und Vorschriften im Hinblick auf Beruf und Stellung, hat als junger Mann von fünfundzwanzig Jahren verwirklicht, wovon jeder kluge, selbständige Unzufriedene jeder Zeit träumt: er hat sich ein Forum geschaffen, um ohne Rücksichten und Hemmungen, jenseits aller Cliquen und Bindungen in absoluter Freiheit seine Meinung zu äußern, zu kritisieren, anzuklagen, zu kämpfen. Er hat den Wunsch, den alle träumen, restlos und absolut erfüllt. Er hat von seinem fünfundzwanzigsten Jahr bis zu seinem Tod nur getan, was er wollte.

Und er hat, zweitens, ein einziges, das er wollte und das, wie ich glaube, seine restlose und letzte Erfüllung gewesen wäre, nicht zu tun vermocht und war darum verurteilt, es sein Leben lang auf Umwegen zu umkreisen und nur indirekt, behelfsmäßig zu verwirklichen. Er war im Grund seines Wesens Schauspieler, besser gesagt: Theatermensch; und er konnte nicht zum Theater. So wurde er, das Bühnendasein mit der Seele suchend, alles andere, was er zu werden vermochte, so mußte ihm, was sonst vielleicht nur Nebenbei – neben der theatralischen Berufung – gewesen wäre, zur Hauptsache, und, wo immer denkbar, dem Theater angenähert werden:

„Wenn ich vortrage, so ist es nicht gespielte Literatur. Aber was ich schreibe, ist gedruckte Schauspielkunst." Und: „Ich bin vielleicht der erste Fall eines

Schreibers, der sein Schreiben zugleich schauspielerisch erlebt."

Weil er nicht den Hamlet spielen und nicht „Maß für Maß" inszenieren und ein Theater in seinem Sinn leiten konnte, mußte er zum kritischen Gewissen nicht nur der Bühnenkunst, nicht nur der Kunst, sondern der Zustände seiner Welt werden und sich immer neue Formen des Ausdrucks erschließen, produktive und reproduktive, die ihn für die eine schicksalhafte Vergeblichkeit entschädigten. ...

Wie immer man Karl Kraus nennt, wie immer man ihn klassifiziert, hat man recht und unrecht. Er war ein großer Widersprecher und ein säkularer Widerspruch. Als er starb, schien er sich überlebt zu haben. Da er fünfzehn Jahre später aufzuerstehen begann, sahen wir, daß er überlebt hatte und uns überleben wird.

Karl Kraus

ARTHUR SCHNITZLER

Das Wiener Rathausviertel: einige Straßen rechts und links vom Wiener Rathaus, aufwendig, protzig, ohne innere Größe, Plüsch und Stuck, spätbürgerlicher Vorkrieg.

„Schnitzler? Die Sorgen des Rathausviertels", sagte ein etwas älterer, literarisch interessierter Bekannter zu mir – es dürfte im Sommer 1926 gewesen sein.

Er meinte es abwertend; ich widersprach nicht.

Arthur Schnitzler lebte, arbeitete, war halb berühmt und halb vergessen.

Als der Roman „Therese" erschien, war ich enttäuscht. Das war doch gar nicht „modern". (Modern war damals Feuchtwanger – wo ist er geblieben?)

Ich fragte einen Freund, wie ihm „Therese" gefallen habe. Er sagte: „Armes Ding!" Er meinte die Titelheldin.

Daß ich mir diese beiden Aussprüche gemerkt habe, sagt mir, daß ich innerlich sehr mit Arthur Schnitzler beschäftigt war.

Man sah ihn oft, vor allem in Konzerten, meist saß er mit seiner Tochter in der ersten Reihe.

Einmal ging ich mit einem Mädchen am Vormittag über den Sommerhaidenweg bei Pötzleinsdorf; Arthur Schnitzler kam uns entgegen, in einer Landschaft, die ihm gehörte. Leider haben wir ihn nicht gegrüßt. Die Erinnerung daran täte mir wohl.

Ich sah „Das weite Land" im Volkstheater, eine schöne Aufführung mit Arnold Korff. Aber ich war nicht bewegt. Ich las „Fräulein Else", jeder las es – aber ich merkte nichts. Ich war bei der Uraufführung seines letzten Stücks „Im Spiel der Sommerlüfte".

Ich war fast böse, so antiquiert erschien es mir. Am Schluß kam er auf die Bühne – ich sehe ihn noch vor mir –, jetzt, wenn ich das Bild von damals reproduzieren will, ist mir, als wäre es „Das hohe Alter" aus Raimunds „Bauer als Millionär" gewesen.

Wir finden es tragisch, daß Schubert, daß Stifter, daß Trakl von den Zeitgenossen nicht erkannt wurden. Wir wünschen uns in ihre Zeit: Wir hätten sie erkannt, meinen wir. Und wir haben Arthur Schnitzler nicht erkannt.

Ich war in Paris, als er starb. Ich las es in einer Tageszeitung, ich rief die „Nouvelles Littéraires" an, dort kannte ich einen Redakteur ganz flüchtig, und wurde aufgefordert, ein paar Zeilen zu schreiben. Auf dem Postamt schrieb ich eine kleine Notiz auf ein „pneumatique". Mein erster Schritt zu ihm hin kam aus der Trauer. Es war der einzige Text in französischer Sprache, den ich je geschrieben habe.

Und je näher ich ihm seither gekommen bin, um so dringender wurde das Verlangen, postum auszugleichen, was ich an dem Lebenden versäumt habe. Ich habe über ihn geschrieben, über ihn gesprochen, ich habe seine Novellen herausgegeben und eingeleitet, ich habe für das Erinnerungsbuch seiner Frau Olga einen Verleger gesucht und gefunden, ich wollte in Wien eine Arthur-Schnitzler-Gesellschaft gründen, es ist mir nicht gelungen. Was mir anno „Therese" modern vorgekommen ist, kann ich heute kaum mehr ertragen, und daß an den „Sorgen des Rathausviertels" die Welt der Jahrhundertwende zerbrochen ist, wurde mir erst später klar.

Ich träume mich zum Sommerhaidenweg zurück, als er noch ländlich war, es mag 1928 gewesen sein, ich begegne Arthur Schnitzler, grüße und sage: „Verzeihen Sie, bitte, Herr Doktor ...", und dann sage ich einen der vielen zustimmenden Sätze, die ich seither über ihn gesagt und geschrieben habe.

In Memoriam

FRIEDRICH TORBERG: EIN UNBARMHERZIGER STREITER UND FEUILLETONIST MIT CHARME

Er ist sein eigenes Nachschlagewerk, der fleischgewordene Zettelkasten. Er kann noch genau die Mannschaftsaufstellungen wichtiger internationaler Fußballmatches in den zwanziger Jahren reproduzieren – er rezitiert Texte meiner damals geschriebenen Chansons, die ich längst vergessen habe. Er weiß auch politische Stellungnahmen aus lange vergangenen Zeiten zu zitieren: „Der X. Y. soll politisch in Ordnung sein? Der hat doch im Herbst 1952 gesagt, daß der Mao, wie immer man über ihn denken mag, wenigstens ein Dichter ist und kein Hemdenhändler wie der Truman."

Er ist der Rede mächtig und ein Meister der Wechselrede, des Streitgesprächs. Er ist ein in den Briefwechsel mit Zeitgenossen sich fanatisch Verbeißender. Er war, als das Wiener „Forum", von ihm begründet, ihm unterstand, ein vorbildlicher, hingebender Chefredaktor.

Er liebt die Geselligkeit. Und er schreibt nicht nur Briefe, sondern Romane, Novellen, Glossen, Pamphlete, Parodien. Er bleibt seinen Freunden und seinen Gegnern treu, und mir in beiden Eigenschaften.

Wir sind miteinander abwechselnd im Kriegszustand oder nicht, und das ist in Ordnung, und zwar aus einem überraschenden Grund. Wären wir's nicht, würde man uns als eine Art Einheit ansehen, und das täte uns beiden nicht gut. Wir haben soviel Gemeinsames, daß wir das Trennende sorgsam hegen und pflegen müssen.

Wir sind gleichen Jahrganges, wir sind Wiener und Österreicher mit verbissener Hundertfünfzigprozentigkeit, wir sind professionelle Kaffeehausbesucher, Gegner des Marxismus-Leninismus, Theaterbesessene und ehemalige Kritiker, Übersetzer, Blödler, Lobpreiser besonderer Salzkammergutlandschaften, Verfertiger von erzählender Prosa, freudige Polemiker ... was sind wir nicht alles beiderseits?!

Aber wir weigern uns vehement, alle beide, wenn man in uns eine Dioskuren-Einheit etwa à la Frisch–Dürrenmatt sehen will, wir weigern uns unter anderem darum, weil wir beide der Dürrenmatt sein möchten.

Aber ich muß schleunigst aufhören, über mich zu schreiben, denn ich will ja ihn geburtstäglich besingen. Friedrich Torberg, Professor Friedrich Torberg, ist so fleißig, daß man ihn schon fast als emsig bezeichnen muß. Er hat etwas von der Biene an sich – nicht nur, weil er so gern sticht. Er ist ein unbarmherziger Streiter, einer von jener Spezies, deren Formulierungen so weh tun, weil man sie sich merkt. Einen schwülstigen linkskatholischen Eiferer bezeichnete er einmal als „Abraham a Sancta Unklara". Das saß. Das sitzt heute noch.

Professor Torberg hat Witz, hat Humor, das präzise Gegenteil dessen, was man als „tierischen Ernst" bezeichnet. Er ist das, was Karl Kraus dem großen Wiener Satiriker Nestroy nachgerühmt hat: er ist sprachverbuhlt. Er schlägt nicht mit der Keule zu, er trifft den Gegner mit der Pointe haarscharf ins Herz.

Er war von der Weltgeschichte dazu verurteilt, einige Jahre in den Vereinigten Staaten zu verbringen, und er hat dort die rare Leistung vollbracht, sich zwar der englischen Sprache zu bedienen, wenn der Alltag es erforderte, als Autor aber seiner, unserer Sprache treu zu bleiben. Für ihn war das Exil nicht zweite Heimat, sondern Wartesaal. Er schrieb drüben Bücher, die später, wie er, nach Europa remigrierten.

Seine Aktivitäten in den bald drei Jahrzehnten seit seiner Wiedereingliederung in das literarisch-politische Spektrum Österreichs (seine Position ist die Sphäre „Contra-Rot") sind sehr vielfältig geworden, gewesen und geblieben. Ergänzt werden muß die Aufzählung aber unbedingt durch die Erwähnung seiner Herausgeberdienste an den nachgelassenen Werken Friedrich Herzmanovsky-Orlandos und Peter Hammerschlags.

Er war und ist vieles, und es ist ihm von den für ihn zuständigen Göttern vergönnt worden, die neben- und gegeneinander laufenden Linien zu einem dichten Gewebe zusammenzufassen. Seine Kunst, im rechten Augenblick das Rechte zu erleben, es sich zu merken, zu berichten wie ein Romancier, aber auch wie ein Anekdoten-Erzähler, nie ohne politische Grundierung, doch stets mit Witz und feuilletonistischem Charme – all dies kann er, auf Ehr, aber das ist doch gar nichts, denn er kann auch noch viel mehr, nämlich alles Vielfache zur Einheit verbinden in seinem letzten und erfolgreichsten Buch von der Tante Jolesch. Da summieren sich die Gaben des Friedrich Torberg nicht nur, da durchdringen sie einander, da ist Friedrich Torberg Friedrich Torberg und Friedrich Torberg ist sein Prophet.

„Tante Jolesch" ist Torbergs „Faust" – nicht nur weil ein zweiter Teil folgte, sondern auch weil ein ganzes Leben vom Himmel durch die Welt zur Hölle in dieses Opus eingebracht ist: Tantes Inferno, Tantes Purgatorio und Tantes Paradiso.

Ad Absurdum

Ein Buch bereitete mir nach seinem Entstehen große Schwierigkeiten. (Ich bin sehr leicht zu beeinflussen: Ich hatte zum Beispiel eine Schülerin, die in mir den Ehrgeiz lockte, sie von ihrem S-Fehler zu befreien. Die Stunden fanden meist am Nachmittag statt – das Ergebnis war für das Mädchen ziemlich negativ, ich aber lispelte in der Abendvorstellung meine Rolle durch. Ich war nicht mehr imstand, mein eigenes S wieder zu finden.) Und so erging es mir bei den „Leiden der jungen Wörter". Bei der Entstehung dieses Buches führten Hans und ich natürlich ununterbrochen Gespräche über dieses Thema. Wir sammelten unerträgliche Worte – ich war glücklich, wenn ich eine Abscheulichkeit beisteuern konnte. Blöde Phrasen waren ein Fressen. Das Buch war da – es war ein Erfolg: Im ORF wurde es an Moderatoren verschenkt.
Ich hatte in dieser Zeit des öfteren selbst Interviews zu geben, und es war mir nicht mehr möglich, meine eigene normale Sprechweise zu halten, meine Sprache zu beherrschen. Ich antwortete mit den denkbar blödesten Ausdrücken, warf mit Modeworten herum. Jedesmal, wenn so ein Wort aus meinem Mund geschlüpft ist, hätte ich aufschreien können – aber es war ständig zu spät. Von „super" angefangen, gebrauchte ich sämtliche Worte, die wir hohnlachend registriert hatten, als mein eigenes Vokabular. Es war zum „Durchdrehen".

DAS ANTIWÖRTERBUCH

Dies ist ein Nachschlagewerk. Es will nach Wörtern schlagen. Dies ist ein Stichwörterbuch. Es will Wörter stechen. Wenn es sich *Antiwörterbuch* nennt, will es damit aber nicht gegen das Wörterbuch sein. Es ist ein Antiwörter-Buch, kein Anti-Wörterbuch. Hut ab vor dem Wörterbuch, Hut ab vor Duden, Hut ab vor Langenscheidt, Larousse, Webster, Schadewaldt, Hüte ab vor den Brüdern Grimm! Schlag und Stich aber gegen viele Wörter, vor allem viele junge Wörter, und dies nicht aus satanisch sadistischer Lust und ebensowenig aus Voreingenommenheit gegen Neues und Junges, sondern im Dienst an der besseren Sprache, ermächtigt und inspiriert vom Drang nach diesem Dienst, ohne anderen Auftrag und andere Legitimation für Schläge und Stiche als das Gebot geplagter, gereizter, provozierter Augen, Ohren und Nerven beim Hören und Sehen von Antiwörtern – also: durchaus subjektiv, un-, anti-, ja a-akademisch, einzig durchdrungen von eigenen Erfahrungen und Überzeugungen.

Jede Zeit sagt, daß derzeit die Sprache so gefährdet und von Zersetzung bedroht sei wie nie zuvor.

In unserer Zeit aber ist die Sprache tatsächlich so gefährdet und von Zersetzung bedroht wie nie zuvor. ...

Angesichts dieser Situation wuchs in mir der Drang, ein Antiwörterbuch zu verfassen, und die Notwehr war eine wesentliche Quelle des Drangs. Ein Autor glaubt ja: Wenn er etwas ihm übel Scheinendes in einem veröffentlichten Text entsprechend charakterisiert habe, hätte er etwas gegen dieses Übel getan.

Ich lebte weiter wie bisher, ich schrieb nur mit: Schlag- und Stichwörter aus dem Radioapparat, vom

Fernsehschirm, aus Büchern, Zeitschriften, Zeitungen und Gesprächen.

Mein imaginärer Leser fragt sich vielleicht gelegentlich, vom Chaos der wuchernden jungen Wörter verwirrt: *Wie sag' ich's?*

Nicht systematisch und nicht komplett, nur alphabetisch geordnet, stehen hier, weil mein Verlag es mir gestattet, meine ganz persönlichen Antworten zu Buch: Antiwörter, Floskeln und Redensarten, Empfehlungen, Warnungen, Unterscheidungen, Reflexionen, Verhöhnungen, Verurteilungen, Vorurteile, Gerechtes und Selbstgerechtes, Gewußtes und Gemeintes bunt durcheinander, wie das Alphabet es befahl, als Versuch der Legung eines Ariadnefadens im Jargonlabyrinth, Anregungen, Ermutigungen zum Boykott der einen, zum Gebrauch der anderen Wörter und Redensarten, zur Erkenntnis von Gut und Böse beim Graben nach dem rechten Sprachschatz, nicht bindend, nicht autoritativ, aber gut gemeint, ermutigt und inspiriert vom Dienst an der besseren Sprache.

Abkü haben ihre Licht- und Schattensei. Man teilt die Abkü ein in Anfangsbu-Abkü (wie *KLM* oder *CDU-CSU* oder *B.R.D.* oder *USA* oder *km*) und in Abkü, bei denen eine Verkü sich eingebü hat *(Lok, E-Werk, U-Boot, Uni, Diss)*. Diese Abkü wirken manchmal wie Kosena (zum Beispi *Pulli*), oft sind Mißver nicht auszu, etwa bei *E-Musik* und *U-Musik* (nicht *Elektro-Musik* und *Untersee-Musik,* sondern *ernste Musik* und *Unterhaltungs-Musik*); auch ist der Lockvogel kein *Lokomotiv-Vogel. OKW* war das Oberkommando der Wehrmacht, aber *UKW* ist nicht das Unterkommando der Wehrmacht, auch kein Untersee-Kommando der

Wehrmacht, auch kein Untergrund-Kommando der Wehrmacht, und die *U-Bahn* ist keine Ultra-Bahn.

Trotzdem muß man die Abkü hinneh, aber man soll sie als Zeichen anseh und sie nicht in Prosatexte höherer Ordnung einschleppen, man soll sie auf Tabellen, auf die Zeitungen, auf die Fachliteratur beschränken, aber man soll meines Erachtens in einem Essay nicht *m. E., w. o., u. dgl.* und dergleichen lesen müssen. Abkü sind in der Umgangs- und in der Fachspra zuhau, aber für die Gesamtspra können sie sich unglü auswi.

Eine Abkü bekü mich ganz beso: *Euro*. Europa soll vereint werden, um gegenüber den anderen Machtblöcken nicht verkürzt zu werden, und wird vorwegnehmend um eine Silbe verkürzt. Wie schön ist unsere Europabrücke südlich von Innsbruck! Als *Eurobrücke* wäre sie weniger schön. Und so hoffe ich, unverbesserlicher Optimist, daß wir bald eine europäische Währung, ein europäisches Parlament und europäische Tarife bekommen, keine Eurowährung, kein Europarlament und keine Eurotarife.

Kann man **angenehm enttäuscht** sein?

Ja, man kann: als Masochist.

Wer über Schmerzen jubelt, sich an Fehlschlägen weidet, kann und wird auch eine Enttäuschung angenehm finden.

Alle anderen aber, die noch immer stattliche Zahl nichtmasochistischer Zeitgenossen, sie gebrauchen *angenehm enttäuscht* zu Unrecht. Denn sie meinen *angenehm überrascht.*

Überraschungen können positiv und negativ, Freuden können nur positiv, Enttäuschungen können nur negativ sein. Niemand ist unangenehm erfreut.

erfreut schließt den Begriff *angenehm, enttäuscht* schließt den Begriff *unangenehm* ein. *angenehm enttäuscht* bedeutet also: *angenehm unangenehm überrascht,* signalisiert eine mehr oder weniger starke Portion von *Lust am Untergang*; und wer seelisch entsprechend beschaffen ist, doch nur er, sei *angenehm enttäuscht!*

ausklammern sollte man nicht berücksichtigen, *ausklammern* sollte man vernachlässigen.

Klammern verbinden. Man klammert ein, man umklammert, man verklammert. Aber man kann nicht ausklammern. Man kann einzäunen, aber nicht auszäunen. Man kann einmauern, aber nicht ausmauern. Von *ausklammern* sollte man absehen.

Wenn ich das Wort **durchdrehen** höre, breche ich zusammen.

Ich darf Sie, sehr geehrter Herr Bezirkshauptmannstellvertreter, herzlich als unseren Ehrengast begrüßen.

Natürlich darf er es, nie war die Rede davon, daß es ihm hätte untersagt werden sollen. ...

Aber es geht mir jetzt nicht um das Bringen von Grüßen, sondern um das **dürfen.**

Man fragt *Darf ich?, Gestatten Sie?*, und das hat einigen Sinn. Man sagt *wenn Sie gestatten,* und das ist noch einigermaßen sinnvoll. Man sagt *ich erlaube mir, ich gestatte mir,* und darin sind noch Spuren von Sinn enthalten.

Aber die indikativische Feststellung, daß ich begrüßen darf, daß ich Grüße überbringen darf, daß ich darauf hinweisen darf, ganz besonders aber: daß ich mir die Bemerkung *gestatten darf* (also *dürfen* zum

Quadrat!), diese Ornamente gehören vom Antlitz der Sprache radikal wegrasiert. Denn natürlich darf man, das braucht wirklich nicht gesagt zu werden, falls nicht auf eine konkrete Autorisation hingewiesen wird: *Ich darf endlich die endgültigen Termine bekanntgeben.*

Aber wenn der Redner *sich gestatten darf* oder *sich erlauben darf* oder nur einfach sagt, daß er das, was selbstverständlich ist, *darf*, nimmt er sich unter dem Vorwand der Bescheidenheit zu wichtig. Er darf alles, was er darf, nur nicht darauf hinweisen, daß er es darf.

Das ist der **Gipfel!** rief der Gipfel.

Was denn? fragte die höchste Ebene.

Daß man uns beide miteinander verquickt.

Wer tut das? fragte die höchste Ebene.

Die Journalisten, die Kommentatoren, die Zeitgeschichtler.

Was ist das, ein Zeitgeschichtler?

Ich weiß nicht. Ich weiß nur, daß es ein Fach namens Zeitgeschichte gibt. Wie soll man einen nennen, der diesem Fach obliegt?

Hast du keine anderen Sorgen, o Gipfel?

Doch, o höchste Ebene: Man mißbraucht uns im politischen Jargon.

Pfui! rief die höchste Ebene.

Wem sagst du das? seufzte der Gipfel. *Du weißt, daß man dich verwendet hat, wenn Staatschefs einander begegnet sind.*

Ja, lieber Gipfel, man hat das als Konferenz auf höchster Ebene bezeichnet, obwohl es bei mir heroben weder klimatisch noch sonst sehr gemütlich ist.

Bei den Konferenzen der Staatschefs ja auch nicht. Dann aber hat man diese Konferenzen als Gipfelkonferenzen oder Gipfeltreffen bezeichnet. Allmählich sind Konferenz und Treffen unter den Tisch gefallen, und ich bin übrig geblieben. Jetzt sagt man, daß ich stattfinde, daß ich abgehalten werde, in Genf, in Helsinki, in Wien, in Peking, in Moskau ... ein Gipfel! – wenn die Spitzen einander begegnen ... ein Gipfel! ... ein Währungsgipfel, ein gesamteuropäischer Sicherheitsgipfel, neulich sogar ein Milchpreisgipfel – ist das nicht der Gipfel, liebe höchste Ebene?

Ja, lieber Gipfel, das ist der Gipfel!

Da möchte man vor Zorn und Scham in die höchste Ebene versinken, liebe höchste Ebene!

Tu das, lieber Gipfel!

Aller **schlechten** Dinge sind drei:

schlechterdings, schlechthin, schlechtweg.

Wenn ich jemanden nicht verprügle, *verunprügle* ich ihn nicht.

Wenn ich etwas nicht verhehle, *verunhehle* ich es nicht.

Allerdings: wenn ich *verunreinige,* mache ich jemanden oder etwas, der (das) rein war, unrein.

Aber, aufgepaßt, ich *verunreinige jemanden, etwas,* zum Beispiel: den Nachbarn bei Tisch durch die Sauce, das Tischtuch.

So kann ich auch nur **verunsichern,** wo ich auch *versichern* kann: *jemanden, etwas!*

Ich *versichere jemanden, etwas* aber nur, indem ich als Versicherungsgesellschaft einen Vertrag schließe, um unter bestimmten Voraussetzungen Ersatz bei Einbrüchen, Feuer oder anderem Schaden zu leisten.

Verunsichern, jemanden oder *etwas verunsichern,* könnte also nur bedeuten, daß ich keinen solchen Vertrag schließe. Als Gegensatz von *jemandem versichern,* im Sinn von *beteuern,* kommt *verunsichern* nicht in Betracht.

Ich weiß: ich habe Sie jetzt *unsicher gemacht,* ich habe *Unsicherheit verbreitet, Verwirrung gestiftet,* ich habe vieles in dieser Art begangen, aber *verunsichert,* glauben Sie mir, *verunsichert* habe ich Sie nicht.

Denn wenn ich jemanden nicht verurteile, *verunurteile* ich ihn nicht.

Mit dem Plural **Zwänge** hört alles auf.

Die Leiden der jungen Wörter

ES WIRD GEBETEN, AUF DEN SPORT-REPORTER NICHT ZU SCHIESSEN!

Es ist billig, die Sport-Reporter zu kritisieren. Ihre Sprache ist sicherlich fürchterlich; und wenn jemand mir ins Wort fällt: ganz besonders fürchterlich, dann werde ich ihm nicht widersprechen.

Doch möchte ich zu bedenken geben, daß die Interviews und die Kommentare der politischen Reporter und der Wirtschafts-Reporter und der Kultur-Reporter und ebenso die – man verzeihe das harte Wort! – Statements der Damen und Herren von der Politik, Wirtschaft und Kultur angesichts der Mikrophone auch nicht ohne sind. Oder sollte man besser sagen, „sie sind ohne“?

Bedenken wir nur, was die „Talsohle“ auszustehen hatte und hat! Denken wir an den unglückseligen „Abschwung“, der uns nie hätte einfallen dürfen.

Verglichen mit dem durchschnittlichen Fernseh- und Radio-Jargon jener Bereiche, in welchen eigentlich auch bei der gesprochenen Rede das sprachliche Niveau durchschnittlicher Untermittelschüler obligatorisch sein sollte, ist der Sportjargon in all seiner Schauerlichkeit wenigstens kräftig und farbig. Außerdem ist er optimal, und wer ihn besser will, weiß nicht, was er sagt.

Man könnte fast jeden Satz, der über Politik, Wirtschaft und Kultur im Radio oder Fernsehen gesagt wird (ich meine die Reportagen und Interviews, nicht die vorbereiteten Texte), mit einiger Mühe in einen deutschen Satz verwandeln. Beim Sport wäre man in Verlegenheit – nicht weil die Fachkenntnisse fehlen, sondern weil ein echter Notstand vorliegt, weil es unter anderem zwar Fachkenntnisse, aber keine echte Fachsprache gibt, nur einen Fachjargon.

Mit seinen Fachkenntnissen muß der Berichterstatter bei einem Fußball-, Box-, Wintersport- oder sonstigem Sport-Ereignis auch die Funktionen des Kritikers und des Reporters vereinigen. – Das muß der Theater- und Musikkritiker auch, wird man einwenden. Gewiß, aber der Kunstkritiker ist nur der Reporter seiner persönlichen Rezeption, und er muß auch nicht über jede Minute und Phase des Ereignisses Rechenschaft ablegen, und er weiß im voraus, was ihn erwartet, und er hat nachher etliche Stunden Zeit, sich zu sammeln und zu formulieren. Überdies ist er frei von Emotionen – er zittert nicht um seine Landsleute.

Zur emotionsgeladenen Sport-Kritiker-Reporter-Schizophrenie aber kommen noch zusätzliche Spaltungen. Er muß den Fortgang des Ereignisses beobachten und gleichzeitig erzählen (oder notieren), was eben war, dies alles oft auch im Zeichen widriger äußerer Bedingungen, Kälte oder Hitze, schlechte Sicht, Beengtheit ...

Ob er „live“ in ein Mikrophon spricht oder seinen Bericht schlagwortartig skizziert und dann möglichst eilig und wieder im Zeichen äußerer Erschwernisse „durchgeben“ muß, das ist überraschenderweise gar nicht so wesentlich. Denn das, was man „feilen“ nennt, kann er so und so nicht.

Der beste Reporter ist ja nicht jener, welcher den besten Bericht abliefert, sondern jener, welcher ihn als erster abliefert.

Dabei will ich gar nicht besonders die hochnotpeinliche Folter hervorheben, die dem Reporter Interviews mit keuchenden, ihrer selbst kaum mächtigen Sportlerinnen und Sportlern abverlangt, denen er die ewig gleichen Fragen stellen muß, um die ewig gleichen Antworten zu bekommen –

– nein, allein die Wiedergabe des Ereignisses ohne Zutaten ist kaum zu leisten, und nur mangelnde Phantasie führt zu Kritik am Sport-Journalismus.

Ich stelle mir den Reporter vor, versuche, ihn vor mir zu sehen, wie er auch noch mit „Unterlagen“ arbeiten muß, weil wir ja auch hören wollen, wie Ajax vor drei Jahren in Leeds gespielt hat, wie Kaserer damals in Sun Valley abgeschnitten hat – weil er auch die unaussprechlichen exotischen Namen von ungarischen und angelsächsischen elf Spielern plus Ersatzleuten parat haben und mit den Nummern auf den Leibchen in Einklang bringen muß – weil er bei jedem Corner einen Strich auf ein Blatt machen muß ...

... da soll er noch ein Stilist sein, ein Fußball-Polgar oder Slalom-Torberg?!

Natürlich rettet er sich in das Klischee und in die

Phrase, natürlich riskiert er Bilder und Vergleiche, welche sehr verbogen ausfallen, aber – wie gesagt – nur wer die Konjunkturverflachung noch nie in die Talsohle gelangen ließ, werfe auf ihn einen Stein!

Der Sport-Reporter legt sich Synonyma zurecht: der Ball – das Leder – das Tor – das Gehäuse – das Heiligtum – das Netz – der Schiedsrichter – der Referee. Eine der abscheulichsten Redewendungen ist die Feststellung, daß der Schiedsrichter das Match „pfeift".

Der Sport-Reporter prunkt auch mit Intimität und nennt die Sportler beim Vornamen oder Spitz- oder Kosenamen –

– ja, ich weiß das alles, aber es versetzt mich nicht in satirische Laune, es weckt mein Mitleid, mit dem Reporter, mit den Hörern, mit einer Welt, in der dies so ist und wohl kaum anders sein kann, es regt mich an zu Meditationen über den derzeitigen Journalismus und über seinen vielfachen Zwang, unbewältigte, unbeholfene, stammelnde Sprache in die Welt zu setzen: das entwickelte Sprachgefühl verletzend, das nicht entwickelte Sprachgefühl pervertierend.

Am Ende dieser Meditationen stände die Feststellung, daß die gestaltete Sprache, das in Sätze gebrachte Wort in die Defensive gedrängt ist. Das Bild (auf den Türen der Klos, in der Eisenbahn, auf der Straße, bei Asterix und Konsorten) und das unvorbereitet gesprochene Wort (Interview, Reportage) überwuchern es.

Karl Kraus hat mit allem, was er gegen die Presse sagt, recht, nur mit einem nicht: Die Presse ist nicht schuld an dem Zustand der Welt in diesem Jahrhundert – der Zustand der Welt in diesem Jahrhundert ist schuld an der Presse!

Nebelspalter

Autor: Einer, der auf Grund übereinstimmender Aussagen von Buchhändlern und Verlegern die alleinige Schuld am Mißerfolg eines Buches trägt.

Buchhändler: Einer, der auf Grund übereinstimmender Aussagen von Autoren und Verlegern die alleinige Schuld am Mißerfolg eines Buches trägt.

Computer: Apparat, dessen Irrtümer bei der Verrechnung von Autorentantiemen weit schwieriger zu entdecken sind als die Irrtümer von Buchhaltern.

Dichter: Übles Schimpfwort für einen unbekannten Autor, Ehrenname für einen arrivierten Autor.

Einband: Einst konstitutionelle, heute unwesentliche Hülle eines Buches, die durch den Diktator namens Umschlag entthront wurde.

Frankfurt: Hauptstadt des Buchhandels deutscher Sprache, wo alljährlich im Herbst eine unheilige Messe zelebriert wird.

Gescheit: Eigenschaft eines Manuskripts, die ihm die Ablehnung des Verlags sichert.

Hit: Deutsches Wort für den angelsächsischen Fachausdruck „bestseller".

Intellektuell: Eine schätzenswerte Eigenschaft, die ihre Besitzer einander vorwerfen.

Jugendbuch: Erzeugnis der Druckereien und Buchbindereien, das gleichfalls über einen Einband und Umschlag verfügt und dessen Text gleichfalls aus Buchstaben besteht.

Klassiker: Autor, dessen Bücher als Kassette zu haben sind.

Lyriker: Das neue Proletariat im letzten Drittel dieses Jahrhunderts.

Medizinische Zeitschrift: Im deutschen Sprachgebiet erscheinende Publikation, die für das, was deutschsprachige Autoren deutschsprachigen Lesern mitzuteilen haben, die englische Sprache als obligatorisch erklärt hat.

Neuerscheinung: Buch, das etwa zwei Monate nach dem Erscheinen keine mehr ist.

Optimismus: Krankhafte Geistesstörung, die sich in der Überzeugung des Patienten äußert, es werde in zehn Jahren nicht nur Comics, sondern auch noch Bücher geben.

P. R. (Public Relations): Wichtigste Abteilung jedes Verlages, die viel Mühe und Geld aufwendet: für gute Bücher, denen es nicht nützt, und für schlechte Bücher, die es nicht nötig haben.

Quantität: Wertmeser des Bucherfolgs.

Rezensent: Fachmann, dessen negative Besprechung für den Absatz eines Buches schädlich, dessen positive Besprechung für den Absatz des besprochenen Buches unerheblich ist.

Sachbuch: Buch, das, um Erfolg zu haben, den Stoff, den es vermittelt, möglichst unwissenschaftlich und oberflächlich verarbeiten muß.

Tagung: Eine der wirksamsten Möglichkeiten, Autoren an schöpferischer Arbeit zu hindern.

Übersetzer: Schlecht bezahlter Sklave, der einen Text aus einer Fremdsprache in eine Sprache übersetzt, die eine entfernte Ähnlichkeit mit der deutschen Sprache hat.

Verleger: Einer, der auf Grund übereinstimmender Aussagen von Autoren und Buchhändlern die alleinige Schuld am Mißerfolg eines Buches trägt.

Wissenschaft: Schar von an Universitäten eifrig tätigen Professoren und Dozenten, sogenannten Germanisten, welche Studenten ausbilden, die auch nichts von Literatur verstehen.

X: Was jeder Verlag dem Autor für ein U vormacht.

Yoga: Methode, die für den Autor im Umgang mit Verlegern unentbehrlich ist.

Zoll: Schikanöse Belastung des internationalen Buchhandels, die seit vielen Jahren abgeschafft und durch andere zeitraubende und kostspielige Schikanen beim internationalen Buchhandel ersetzt wurde.

Ad Absurdum

2.
1001 Premiere

Es ist eine besondere Eigenschaft des menschlichen Charakters, daß man über Sachen lacht, über die man im Augenblick des Geschehens geweint hat. Daß man über den Tod lacht, wenn er sarkastisch dargestellt wird und einen nicht selbst berührt, und daß man über vernichtende Kritiken lacht, die gut und treffend geschrieben sind, wenn sie andere betreffen und einen selbst nicht zerschmettern. Wir Schauspieler lachen, obwohl wir wissen, daß es uns vernichtet. Auch wenn man uns zehnmal darüber hinwegzutrösten versucht. Das geschriebene Wort brennt sich in die Seele. Es ist wie ein Stempel, der nicht zu löschen ist. Je pointierter die böse Kritik geschrieben ist, desto verletzender. Und das Ärgste, wenn man ein Stück Wahrheit darin erkennt. Wie eisenbeschlagen müssen doch unsere Seelen sein, die so sensibel und zartfühlend gebaut sein müssen, damit wir uns in andere Seelen versetzen können.
Das, was wir alle wußten, die von Hans Weigel (ich kannte ihn damals nur von ferne) vernichtet oder hochgelobt worden waren: Er versteht das Theater. Er weiß, wovon er redet. Er kennt das Stück, über das er schreibt, bis in den letzten Satz. Er schlägt und streichelt – aber immer mit dem Können des Meisters.
Es war richtig von ihm, den gesamten Molière zu übersetzen und damit aufzuhören, Kritiken zu schreiben. Auch seine Seele hätte das nicht auf die Dauer durchgehalten. Aus Liebe zu schlagen ist auch nicht immer zuträglich.

Am 29. Mai 1988 war die Matinee in der Josefstadt, das wohlgelungene anschließende Kalbsgulyas, der eher flaue anschließende Wurschtelprater, der erfreuliche Kalbsgulyas-Ausklang abends bei uns.

Am 30. Mai war zu Mittag das angenehme Freunde-Mittagessen bei den Wiener Deutschen, meinen Botschafterfreunden, am Abend die Festivität im Wiener Rathaus.

Am soundsovielten September oder Oktober 1945 fuhr ein US-Lastwagen in Wien ein. Ich rüttelte den Chauffeur, der Wagen hielt, ich sprang hinaus und fand mich in der Abenddämmerung auf dem menschenleeren Ring zwischen dem Rathaus und dem Burgtheater. Besser hätte dieser Punkt nicht gewählt sein können, um so mehr, als ich nahe von dort zu wohnen beabsichtigte. ...

Als ich fern von Wien war, sehnte ich mich nach der Josefstadt, nach dem Volkstheater und kaum nach dem Burgtheater.

Ich kam zurück, ich fühlte mich in die Josefstadt integriert, ich schloß neue Freundschaft mit dem Volkstheater, die auch gefördert wurde durch die Topographie, weil unsere literarische Runde und die Runde der Volkstheatler im Café Raimund vis-à-vis befindlich waren.

Ich besuchte das Burgtheater natürlich, sah dort zum Beispiel „Liebelei“, zwar mit Alma Seidler, doch sonst eher flau, ich sah einen wohlgelungenen „Sommernachtstraum“, aber leider übersetzt von Richard Flatter.

Ich war zum Kreis der linken Monatsschrift „Plan“

gestoßen, aber bald von dort weggezogen, weil's mir politisch nicht paßte.

Es folgte eine Freundschaft mit der eher konservativen Zeitschrift „Turm“, herausgegeben von der „Kulturvereinigung“, welche allmählich dahinstarb, wie auch die Zeitschrift. Sie (die Zeitschrift) geriet in eine Krise, wie jede früher oder später, und man versuchte, sie neu flottzumachen. Ich erinnere mich, als ob's gestern gewesen wäre, wie die Redakteurin Dr. Elisabeth Löcker, deren Dazugehöriger der Journalist Zeno von Liebl war, bei Dr. Pernter, einem „Schwarzen“ von anno dreißiger Jahre und nun wieder, vorsprach, und er ihr tief ins Auge blickte, mit seinen treuen Augen, und versprach, daß der „Turm“ gesichert sei. Die letzte Nummer war damals schon erschienen oder kurz vor dem Erscheinen.

Der „Turm“ wurde für mich wichtig, und so nähere ich mich wieder dem Generalthema dieses Kapitels, weil die Frau Dr. Löcker, wir alle nannten sie „Bobbie“, mich zur Mitarbeit häufig heranzog und auch die Idee hatte, mich Theaterkritiken schreiben zu lassen. Ich war immer schon sehr am Theater interessiert gewesen, wollte alles sehen. Und es gehört zu den Reizen der Tätigkeit eines Kritikers – das wurde mir auch von Kollegen, die ehrlich sind (gibt es auch!), bestätigt –, sich nicht um Karten kümmern zu müssen und auch nicht Karten bezahlen zu müssen und alle Premieren zu sehen. Daß man dann auch darüber schreibt, ist eine Zuwaag', hilft der Geltung und stärkt die Routine.

Es gibt nachherschreibende und morgensschreibende Kritiker. Ich war ein Erstgenannter. Ich setzte mich an meinen stillen Schreibtisch, konzentrierte mich und schrieb und schaute dann auf die Uhr. Das große Problem ist die Frage des Abendessens. Vor der Vorstellung? Da ist man während der Vorstellung träge. Nach der Vorstellung? Da ist man beim Verfertigen der Kritik träge. Nach Beendigung des Schreibens. Da ist man einsam. Es ist spät. Zu Hause sich etwas bereiten? Traurigst! Aus dem Haus gehen und Gesellschaft suchen? Wohin um diese späte Stunde? Ich erinnere mich, daß ich einmal in solcher Nacht ein spätes Lokal aufsuchte und dort nur noch den Peter Kreuder fand. Nicht der Schlechteste, aber immerhin nicht einer, den ich mir ausgesucht hätte.

Gleichviel – Nachtmahl hin, Nachtmahl her. Am frühen Morgen den Wecker stellen und unausgeschlafen geistreich schreiben, nein, undenkbar. Wenn man nicht in Wien ist, den Text via Fernschreiber nach Wien durchgeben oder gar durchtelephonieren, alles sehr mühsam. Insbesondere Pointen sind gefährlich. Ich schrieb einmal über die Wiener Staatsoper und ihre unmanierlichen Galerieschreier, daß diese von der Galerie „hinunterhöngen" (Höngen, Name einer beliebten Sängerin), und ging dieser Pointe bis in die Setzerei nach, aber kurz vor dem Druck merkte ein Korrektor den „Fehler", war sehr stolz auf sich und verbesserte in „hängen", was leider nicht den geringsten Sinn ergab.

Und weil wir schon bei den Pointen in der Theaterkritik sind: Torberg und ich waren von ähnlichem Witz (als Schüler des von uns beiden verehrten Alfred Polgar), und wir hatten Angst, daß uns, wenn wir beide über einen Theaterabend schrieben, beiden ein und derselbe Witz einfallen könnte. Ich saß in der Burggasse, er in der Brucknerstraße, und wenn einem von uns eine Pointe einfiel, riefen wir einander an und meldeten die

Pointe an. Wir nannten es Pointen-Clearing, und es war eigentlich eine große Hetz.

Doch ich bin noch der Bub, der dereinst ein Autor werden wird, will, davon träumt.

Meine erste Kritik (ich habe sie leider nicht unter meinem aufbewahrten Material gefunden): Ich war Sklave des Paul-Zsolnay-Verlags, ein Mitarbeiter einer Druckerei kam ins Zimmer und fragte, ob jemand Karten für die Premiere heute abend, Volkstheater, wolle. Einzige Bedingung, man müsse eine Kritik schreiben. Ich wollte.

Das Abendbuch

SEI, WIE DU BIST!

Der Schauspieler muß auf der Bühne ohne Hemmung und Krampf sein, er muß auf der Bühne „sein" können und – Achtung, scharfe Kurve: wenn er einen gehemmten Verkrampften darzustellen hat, darf er trotzdem nicht in die Kinderkrankheiten zurückfallen, er muß Hemmung und Krampf nur spielen, muß völlig krampflos gehemmt und ganz locker verkrampft sein – dies alles einheitlich im Sinn einer ganz bestimmten Gestalt, auf Kommando, organisch, natürlich, echt, glaubwürdig und wiederholbar ...

Der Verliebte auf der Bühne darf nicht seine allfällige private Verliebtheit mit ins Spiel bringen; um Trunkenheit überzeugend zu gestalten, darf man nicht das kleinste Quantum Alkohol in sich haben.

Mehr noch: um auf der Bühne wirklich überzeugend jung zu sein, sollte man das betreffende Stadium der Jugend besser schon hinter sich haben.

Man hört immer wieder die Anekdote, bei einem Wettbewerb, wer Charlie Chaplin beziehungsweise Hans Moser am besten imitieren könne, hätte unerkannt das Original mitgewirkt und nur den dritten Preis bekommen.

Mit Recht!

Die Aufgabe war nicht, Chaplin oder Moser zu sein, sondern Chaplin oder Moser darzustellen. Für die Rolle des Chaplin ist Chaplin nicht unbedingt die beste Besetzung. Um den Hans Moser überzeugend darzustellen, muß man kein so großer Schauspieler sein wie Hans Moser, aber man muß andere Voraussetzungen mitbringen, als er sie mitbringt, um seine unvergeßlichen Väter, Kellner, Heizer und Kleinbürger darzustellen.

Man braucht dazu nicht soviel über Hans Moser zu wissen, wie Hans Moser selbst weiß, aber das Wissen muß von anderer Art sein und muß einiges von dem umfassen, was Hans Moser nicht weiß.

Man braucht auch kein großer Stratege zu sein, um den Wallenstein zu spielen, kein Mörder, um Hamlets Stiefvater, keine Kindesmörderin, um Rose Bernd, kein Republikaner, um den Brutus, kein Jude, um den Shylock oder Nathan zu spielen! ...

Die Schauspieler müssen, um Kluge, Weise, ganz besonders Gescheite zu verkörpern, durchaus nicht über besondere Geisteskräfte verfügen. Sie müssen, um uns zu überzeugen, durchaus nicht verstehen, worum es in dem betreffenden Stück geht, sie brauchen nicht einmal genau zu erfassen, was sie darstellen und sagen.

Hierzu eine vorläufig letzte authentische Begebenheit:

Ein großer, von mir unendlich verehrter Schauspieler

(aber diesmal nicht Werner Krauß) spielte den König Philipp. Eines Abends, und nicht bei der Premiere, wurde der Darsteller des Marquis Posa in der großen Szene des dritten Akts einigermaßen nervös, weil König Philipp ihn auf merkwürdige, ungewohnte Weise ansah. – Bin ich falsch geschminkt, fragte er sich, ist an meinem Kostüm etwas nicht in Ordnung, habe ich falschen Text gesprochen? – Er kam nicht dahinter und spielte die Szene in erheblicher Verwirrung zu Ende.

Nach dem Aktschluß begegneten die beiden einander, schon wollte Posa fragen: „Was war denn los, daß du mich so merkwürdig angeschaut hast?", da sagte Philipp – er ist, wie gesagt, ein sehr großer Schauspieler, für mich einer der größten unserer Zeit: „Du, das ist wirklich großartig, was du in dieser Szene zu sagen hast!"

Er war damals fünfzig, seit seiner Jugend beim Theater, dessen tägliches Brot der „Don Carlos" ist, er hatte die Szene mit Posa wochenlang geprobt und an etlichen Abenden gespielt – und er hatte an diesem Abend zum erstenmal erfaßt, worum es in dieser großen Auseinandersetzung ging.

Er hatte bisher überzeugend „Zuhören" gespielt. Er hat, als er erstmals echt zuhörte, seinen Gesprächspartner aus dem Konzept gebracht.

Es kommt nicht drauf an, meine verehrten Zivilistinnen und Zivilisten, was „oben" geschieht. Es kommt einzig drauf an, was, von unten gesehen, oben zu geschehen scheint.

Wieder einmal negative Forderungen und Folgerungen: Der große Schauspieler soll nicht, er muß nicht, es ist nicht nötig, daß er ... es ist oft sogar von Übel, wenn er ...

Was aber soll, was muß er, was ist nötig, was ist segensreich?

Wenn wir das wüßten, wenn wir es erkennen, gar lehren könnten!

Wenn wir das wüßten, wenn wir das erkennen, gar lehren könnten, wären wir am Ende des Theaters. Denn dann wären alle unsere Bühnen von Josef Kainz und Eleonora Duse in vielen Exemplaren bevölkert. Und wer würde dann die kleinen Rollen spielen?

Wir können nur noch ein Letztes sagen, eine letzte dunkle Gabe andeuten, die dem Schauspieler von der hellen Fee fürs Leben mitgegeben wird: er muß schamlos sein, von besonderer, übergroßer, ausschweifender Schamlosigkeit.

Hier scheinen mir – und ich weiß, daß ich damit den Widerspruch der Zünftigen herausfordere –, hier scheinen mir die beiden Grundtypen des Schauspielers unterschieden. Nicht der Sich-selbst-Spieler auf der einen, der Sich-Verwandelnde auf der anderen Seite, nicht hie Instinkt-, da Intellekt-Schauspieler, nicht komödiantischer kontra zelebrierender Schauspieler (was für Komödianten sind doch die Zelebrierer), nein:

Der eine ist weniger schamlos und versteckt sich hinter der Rolle, er hält sie sich wie ein Feigenblatt vor die Blöße. Das bin nicht ich, das ist er – scheint er entschuldigend zu sagen.

Hemmungslosigkeit und Schamlosigkeit sind also nicht, wie man meinen möchte, gerade, sondern verkehrt proportional, denn just die Schamhaftigkeit – die relative, wohlverstanden – kann zu wilden, hemmungslosen Masken, wüsten Übertreibungen veranlassen, die auf den Darzustellenden abgewälzt werden.

Der Schamlosere aber sagt – der noch Schamlosere,

wohlverstanden –: Das bin ich. Er macht nur ungern Maske, er reduziert die Verstellung auf ein Minimum. Er verantwortet alles persönlich.

Der eine begibt sich zu der Rolle hin, der andere holt sie zu sich her. Der eine verwandelt sich in Hamlet, der andere verwandelt Hamlet in sich.

Beide aber müssen schreien, brüllen, stöhnen, weinen, zusammenbrechen, lieben, küssen, zärtlich und gierig sein, sie müssen sich erniedrigen, ausbrechen, Abgründe offenbaren, sie müssen sein, wie keiner vor Zeugen ist, sie müssen sagen, was keiner gern sagt, vor Hunderten von Zeugen, auf Kommando, aufs Stichwort, überzeugend, sie müssen anderntags albernste Albernheiten darbieten, stammeln, stolpern, lispeln, hinfallen, sie – denen laut Schiller der Menschheit Würde in die Hand gegeben ist – obliegen ihrem Amt, indem sie pflichtgemäß höchst würdelos Menschen zu Zeugen von Vorgängen machen, die besser im Dunkel bleiben.

Johannes war das Kind eines Schauspielers, der mit seinen Kollegen auch jenseits des Berufs freundschaftlichen Umgang pflegte. Er lernte diese als Gäste der elterlichen Wohnung kennen und schätzen, freundliche, nette, manierliche Erwachsene wie sein Vater, ein ernsthaft gediegener Mann von noblem Sinn und ungewöhnlicher Herzenstiefe.

Als die Reife seiner Jahre dies gestattete, ging Klein Johannes zum erstenmal in das Theater, von dem er schon so viel gehört hatte. Er sah den würdigen Onkel Kurt und den manierlichen Onkel Wolfgang und den respektgebietenden Onkel Leonard gemeinsam mit dem noblen Vater auf der Bühne agieren; und als man ihn nach seinen Eindrücken befragte, sagte Klein Johannes verwundert: „Daß ihr euch nicht schämt!“

Daß sie sich nicht schämen, ist von den zahlreichen großen Geheimnissen des Theaters wohl das allergrößte.

Daß sie sich nicht schämen, macht sie zu Schauspielern.

Sie haben diesen Beruf gewählt, sich zu ihm gedrängt, mit heftigerem Trieb, als man sonst Berufe wählt, ihm zuliebe Opfer gebracht, sind ihm verfallen, sie lassen nicht von ihm, sie leiden unter ihm, wohin immer er sie geführt haben mag, sie haben sich ihm zuliebe mit ihren Familien überworfen, ein Heim aufgegeben, einen geliebten Mann verlassen, auf Kinder verzichtet, auf Seßhaftigkeit und Versorgung, sie haben nicht die Genugtuung der Dauer über das eigene Leben hinaus, ja nicht einmal die gesicherte Dauer über den Augenblick hinaus oder auch nur die kontrollierbare, meßbare Wirkung des Augenblicks – sie wollen spielen, aber es ist nicht Spiel, sondern harte, hektisch verlaufende, ewig ungeplante Arbeit, deren höchster Sinn darin besteht, die Arbeit vergessen zu lassen und Spiel vorzutäuschen.

Masken, Mimen und Mimosen

DER HÜFTSTÜTZ

Es gibt ein einfaches Verfahren zur Bestimmung schauspielerischer ... nicht Meisterschaft, auch nicht Reife ... zur Bestimmung der handwerklichen Befähigung, die den Gesellen vom Lehrling unterscheidet: Der Zuschauer beobachte sich selbst, ob ihm beim Beobachten eines Schauspielers das Vorhandensein der Hände auffällt. Der echte und rechte Schauspieler läßt sie hängen oder schlenkern, er unterstreicht gestikulierend seine Rede, und all dies geschieht ganz und gar jenseits bewußter Kontrolle oder Planung (und auch jenseits bewußter Wahrnehmung des Zuschauers). Der (vor allem die) Unreife fühlt das Verlangen, die Arme und Hände irgendwo unterzubringen, zu garagieren. Ich kenne manche Schauspielerin mit ungebührlichem Anspruch auf den Gesellen- oder gar Meisterstand, bei der die Hände sich gern in die Magengegend begeben, um dort mit abgebogenen Handgelenken starr zu verharren. Dies aber ist noch gar nichts gegen den auf unseren Bühnen unausrottbar grassierenden Hüftstütz.

Wäre ich Theaterleiter, ich würde in jeden Engagementsvertrag die Klausel aufnehmen: „Das Mitglied verpflichtet sich, in sämtlichen Rollen inklusive der Kammerzofen spanischer, französischer und italienischer Lustspiele den Hüftstütz zu unterlassen."

Der Hüftstütz ist ins Schauspiel von der Operette hereingeschleppt worden. Dort bietet er resoluten Soubretten und Rösselwirtinnen aller Kaliber ein willkommenes Ausdrucksmittel ihrer Reschheit. Im Schauspiel bedient sich seiner mit Vorliebe und ohne zureichende innere Motivierung die weibliche Schalkhaftigkeit ebenso wie der weibliche Offensivgeist. Er ist eine namenlos häßliche, ganz und gar unwahrhaftige, das Frauentum entherrlichende kommune Pose, die äußerstenfalls bei der Darstellung sehr verkommener Weiber höherer Altersklassen aus dem übelsten Abschaum der Menschheit gelegentlich berechtigt wäre. Wenn ich durch diese Philippika auch nur eine Schauspielerin veranlassen kann, ihre Hände nie wieder in die Hüften zu stemmen, ist dieses Buch nicht vergeblich geschrieben, gesetzt, gedruckt, gebunden und ausgeliefert worden.

Der Hüftstütz ist in Wahrheit nur Ausdruck der

Verlegenheit. Die Hüften werden zum rettenden Hafen für Hände in Ausdrucksnot. Aber die Frage „Was tu' ich mit meinen Händen?“ kann kein Lehrer und kein Regisseur beantworten. Er wird im besten Fall sagen: „So ist's schlecht!“, wenn man sie störend bemerkt. Was sie tun sollen, um nicht störend aufzufallen, müssen die Hände selber wissen, ohne daß ihr Besitzer das Problem ausdrücklich zur Kenntnis nimmt.

Masken, Mimen und Mimosen

BLICK AUF DIE GROSSEN KLEINEN

Einmal im Jahr sollte man den „Tag der kleinen Schauspieler“ feiern. Auf den Plakaten sollten Hamlet, Ophelia, Polonius und das Königspaar ganz klein gedruckt stehen, in fetten Lettern obenan aber die Darsteller des Marcellus, Bernardo, Francisco. Jubelnder Beifall sollte nach dem dritten Akt von „Maria Stuart“ nicht die beiden Königinnen vor den Vorhang rufen, sondern den Darsteller des Okelly, der in einer einzigen kurzen Szene die schwierige Aufgabe hat, Mortimer vom mißglückten Anschlag auf Elisabeth zu informieren und zur schleunigen Flucht aufzufordern. Und wenn der Kammerdiener der Lady Milford (nicht der Kammerdiener des Fürsten mit seiner berühmten Szene) in „Kabale und Liebe“ aufgetreten ist und gesagt hat: „Hofmarschall von Kalb stehen im Vorzimmer mit einem Auftrag vom Herzog“, müßte dröhnender Applaus den Fortgang des Spiels unterbrechen.

Einen Tag im Jahr sollte man die kleinen Schauspieler feiern wie am Muttertag die Mütter und mit mehr

Fug, da ja die Mütter auch an den restlichen dreihundertvierundsechzig Tagen nicht gerade unterdrückt, verkannt und ignoriert zu werden pflegen, wohl aber die kleinen Schauspieler.

An dieser Huldigung sollte sich auch die Presse beteiligen, sollte ein großes Interview mit dem Darsteller des Handwerksburschen im Osterspaziergang-Bild des „Faust" über seine Rollenauffassung veröffentlichen und Sensationsmeldungen wie „Rätselraten um Besetzung des Philostrat in kommendem ‚Sommernachtstraum' endlich beendet".

Jedes Theater stelle neben die Bilder und Büsten seiner großen Mitglieder an einem solchen Tag das Bild eines kleinen Schauspielers, um ganze anonyme Generationen zu ehren und unserem Gedenken zu empfehlen, am besten im Kostüm eines Dieners oder Boten oder als kleinen Infanteristen, der eigentlich die Schlachten schlägt, für die Feldherren und Fürsten Denkmäler bekommen.

Bedenkt, Leute: auch der Kleine hat Frau und Kinder, auch der Kleine ist zum Theater gegangen, um den Hamlet, den Faust, den König Lear zu spielen, auch der Kleine ist vierundzwanzig Stunden täglich Schauspieler mit allen Höhen und Tiefen und Spannungen des Berufs, die wir nun schon kennen.

Und wenn der Sohn des Kleinen ins Theater gehen darf, um den Papa zu sehen, der vom und für den Schauspielerberuf ebensosehr lebt wie Cäsar oder Brutus, Antonius oder Octavius, dann muß er bis zur Forum-Szene warten, und dort hat der Papa weiter nichts zu tun als gelegentlich zu rufen: „Lest das Testament!" ...

Oder aber, noch schlimmer, Papa steht beim Aufgehen des Vorhangs gleichberechtigt neben den Kollegen, wird aber nach weniger als einer Minute mit den Worten „Geh, Philostrat“ fortgeschickt und kehrt erst im allerletzten Akt wieder, ohne daß er mehr als gelegentliche, sehr unwichtige Einwürfe von sich zu geben hat.

Oder aber, am schlimmsten, er kommt in „Was ihr wollt“ als „Curio, Kavalier des Herzogs“ auf die Bühne, gleichfalls in der ersten Szene des ersten Akts –

Curio: Wollt Ihr nicht jagen, gnäd'ger Herr?

Herzog: Was, Curio?

Curio: Den Hirsch..

– und man wartet vergeblich bis zum Stückschluß, daß er wiederkommt, denn sein zweites Auftreten in der vierten Szene des zweiten Akts, gleichfalls nur aus armseligen zwei Repliken bestehend, ist meist gestrichen.

Alle Welt will so gern hinter die Kulissen sehen. Sie sehe auch dies: Ein erwachsener, mündiger, würdiger Mann verläßt seine Wohnung, durchquert die Stadt, begibt sich ins Theater, schminkt sich, legt ein Kostüm an, begibt sich auf die Bühne, sagt: „Wollt Ihr nicht jagen, gnäd'ger Herr?“ und „Den Hirsch“, verläßt alsbald die Bühne wieder, schminkt sich ab, zieht sich um, durchquert die Stadt und hat seine Arbeit getan. Sie können ihm nicht einreden, daß sein Wirken sinnvoll und produktiv gewesen ist.

Er leidet vor allem darunter, daß er schon kurz nach acht fertig ist. Jeder Schauspieler, auch der Kleine, will um eine Rolle kämpfen, will sie, sobald er sie bekommen hat, verwünschen und unter ihr leiden, will den ganzen Vormittag im Theater verbringen, so lange, bis man im Gasthaus nichts Warmes mehr bekommt, will nachmittags Text lernen, daß ihm der Kopf raucht, will abends so lange im Theater zu tun haben, bis man im

Gasthaus nichts Warmes mehr bekommt, und will jede seiner wenigen freien Minuten darüber schimpfen, daß er zuviel zu tun hat. Doch wehe, wenn er einmal das Gasthaus zu einer Zeit aufzusuchen vermag, in der man noch etwas Warmes bekommt!

Was anderen Berufen der Ausdruck des Wohllebens scheint, ist für den Schauspieler der Inbegriff der Pein, das „Spazierengehen“, Fachausdruck dafür, daß er zwar engagiert, aber nicht oder unzureichend beschäftigt ist.

Die allgemeine Berufskrankheit aller Mimen, die Unerfülltheit, hat beim kleinen Schauspieler noch ihre ganz besondere zusätzliche Härte. Er hat sich ja nicht darauf vorbereitet, Boten, Diener, Edelleute, Herolde, Senatoren, Höflinge zu spielen, er hat diese Rollen nur vorläufig und widerruflich mit innerem Vorbehalt angenommen, als Stationen zu den immer größeren. Und da ist er nun irgendwo unterwegs hängengeblieben, er hat auf irgendeiner Station den Anschluß verpaßt.

Auf dem Weg jeder großen Karriere liegt ein Punkt, an dem das Wunder sich begibt, die Wende, der Quantensprung: Ein Kollege war erkrankt, man konnte einspringen, bewährte sich – ein illustrer Gast war zufällig in der Vorstellung und wurde auf den unbekannten Kleinen aufmerksam – ein Prominenter reiste ab, man spielte seine Rolle in zweiter Besetzung – – so oft liest man in den Erinnerungen und Biographien von der märchenhaft glücklichen Wendung, daß man ihr Auftreten im richtigen Moment unbewußt als eine Art Naturgesetz hinnehmen möchte. Denn niemand schildert die Karriere dessen, der vielleicht ebensolchen Anspruch auf den Ruhm hatte, doch wurde niemand krank, reiste niemand durch, war nichts umzubesetzen – das berühmte Telephon klingelte, um den Kleinen schnell ins Theater zu rufen, da innerhalb weniger Stunden eine Hauptrolle zu übernehmen war, doch der künftige Hamlet war gerade an diesem Nachmittag nicht zu Hause und blieb drum sein Leben lang Höfling, Bedienter, Bote, Senator, Herold.

Reden Sie mit ihm über Ensemblegeist, Zusammenarbeit, Teamwork – er kann es nicht einsehen. Er wendet ein, und das mit vollem Recht, daß man ja auch als Räuber Grimm oder Razmann, nicht nur als Spiegelberg, Roller und Franz Moor, besser oder schlechter sein kann, daß es gar nicht so einfach ist, als Herold im zweiten Akt des „Othello" aufzutreten, eine lange, komplizierte Proklamation zu verlesen und auf Nimmerwiedersehen abzugehen. Und wenn Sie ihm zustimmen, fragt er, warum er dann nicht wenigstens den Pastor Moser in den „Räubern" zu spielen bekommt oder Brabantio, den Vater Desdemonas – den Othello oder den alten Moor will er ja gar nicht. Sagt er. Und Sie können nicht antworten: „Ja, aber wer spielt dann den Razmann und den Herold?"

Der kleine Schauspieler hofft sein Leben lang auf die große oder zumindest auf die größere Rolle, und jedesmal, wenn die „Bücher" ausgegeben werden, blättert er klopfenden Herzens in dem seinen, falls es da etwas zu blättern gibt und das „Buch" nicht nur aus einem Blatt besteht. Sein Dasein ist vergiftet vom Bewußtsein des Verkanntseins oder verbittert von Resignation, denn er weiß genau, was niemand ihm sagt:

Ohne dich gäbe es kein Theater. Die Ensembles und die Aufführungen werden nicht von der Spitze getragen, sondern von der Basis, sie sind nicht so stark wie ihr stärkstes, sondern wie ihr schwächstes Glied. An allen

Erfolgen seid ihr also mitbeteiligt, denn nicht nur euer Vorhandensein am Ende des Theaterzettels und am Rand des Spiels hat dieses erst ermöglicht – auch daß ihr euch in das Bild eingefügt, daß ihr dienend mit dabei wart, daß ihr nicht gestört habt, war segensreich ...

Ich habe mich als Kritiker stets bemüht, ihnen nicht weh zu tun. Selbst wenn ich sie nicht zureichend fand, habe ich geschwiegen, wo ich konnte, und hervorgehoben, wo immer es möglich war. Manchmal ging es nicht anders, und ich mußte pflichtgemäß die eine und den anderen „verreißen". Da ich nun aber auf die Gesamtheit der Schauspieler schaue und ihnen allen meine Liebe erkläre, will ich nicht nur die Kleinen, sondern ausdrücklich auch die weniger Guten mit einschließen, die Unentbehrlichen, Getreuen, die wahren, weil unbedankten, unbemerkten Helden der Szene, das „Volk", ohne das es keine Könige, Fürsten und Großen des Reichs gäbe, und die kleinen Leute, die Pforten öffnen oder Gift verkaufen und schon wieder verschwunden sind.

Masken, Mimen und Mimosen

HANS MOSER:
DIE HIMMLISCHE ERFÜLLUNG

Das sechste Bild von Franz Molnárs Vorstadtlegende „Liliom" spielt „im Jenseits". Ein sogenannter Konfektionär des Dramas hat lange vor dem Ersten Weltkrieg in dieser Szene von höchstem weltliterarischen Rang vieles vorweggenommen, was später für das Theater entdeckt und auf der Bühne modisch wurde und erst nach dem Zweiten Weltkrieg als „neu" auf unsere Bühnen kam. Das Jenseits ist säkularisiert, ist ein Amt, und der liebe Gott ist ein Polizeikonzipist; er trägt eine Uniform und hat einen langen weißen Bart.

In dieser Szene geben sich Kafka, Sartre und andere Spätere ein imaginäres Rendezvous mit Georg Büchner, der seinen Woyzeck sagen läßt: „Ich glaub', wenn wir in Himmel kämen, so müßten wir donnern helfen."

Die Aufführung des Burgtheaters im Theater an der Wien war von überladener Armseligkeit und sehr mißverständlich, zuviel Vorstadt und zuwenig Legende. Aber nach der Pause, in dem unsagbar schönen, unzerstörbaren, wehmütig lächelnden dichterisch geschauten sechsten Bild trat Hans Moser als Polizeikonzipist in die himmlische Polizeistube. Es hätte keines Scheinwerfers bedurft. Himmlisches Licht strahlte von dem kleinen alten Mann aus: er kam aus der Türe einer Theaterdekoration und doch geradewegs von drüben. Er trug eine stilisierte Uniform und war ganz und gar ein Engel und war ganz und gar ein mittlerer Beamter. Er hatte alle Liebenswürdigkeit und Güte und „himmlische Geduld" und dazu doch die Müdigkeit und Verdrossenheit und leise Verrauntheit des Österreichers, er war nicht der liebe Gott schlechthin, sondern dessen österreichisch-ungarische Spielart: der Himmelvater. Er vollzog seine Amtshandlung, und man merkte, daß sie Routine war, doch auch, wie tief ihn jeder einzelne Tatbestand der vor ihm zum Verhör antretenden armen Seelen berührte.

Von Hans Moser war in dieser Szene alles abgefallen, was komisch und komikerhaft an ihm war und ist. Er sprach seinen Text in einem dem Hochdeutschen angenäherten Idiom, wie eben der Wiener sich seinen Herrgott denkt, er sprach ihn eindringlich und liebevoll und deutlich und langsam. Und dann geschah noch ein zusätzliches Wunder: Der alte Herr verlor einen Augenblick lang den Faden – er blätterte in den vor ihm liegenden Akten, bis er den Text wieder hatte –, und das war nicht ein Schauspieler, der nicht weiterweiß und „hängt" – nein, das blieb ein guter himmlischer Vater.

In diesen wenigen Minuten strahlte das Ewige Licht links vorne auf der Bühne des ehrwürdigen Theaters an der Wien, wie es dort heller wohl nie zuvor gestrahlt hatte. Der rührigen Direktion des Wiener Burgtheaters war es gelungen, für eine Rolle in Molnárs „Liliom" den lieben Gott persönlich als Gast zu gewinnen. Ein kleiner Mann, über achtzig Jahre alt, der als Statist und Chorsänger an einer schlesischen Schmiere begonnen hatte, der in kabarettistischen Soloszenen und dann in Dialekt- und Jargon-Rollen untermittelmäßiger dramatischer Fertigwaren populär geworden war, ein Dritter-Akt-Komiker der letzten Wiener Operettenära und Sänger von Heurigenliedern, allzu spät erst zur rechten Schauspielerei vorgedrungen und in unzähligen Filmen zur seichten Spaßmacherei mißbraucht, nur allzu selten mit ernsthaften Bühnenrollen bedacht, hat in einer kurzen Szene an die Sterne gerührt, indem er auf alles verzichtete, was er ein Leben lang auf der Bühne mit Erfolg getan hat, indem er gar nichts mehr machte und nur aus der Fülle seiner schöpferischen Persönlichkeit einfach da war, nur er selbst und eben darum so himmlisch, wie er es nie zuvor gewesen ist und wie es kein anderer außer ihm hätte sein können.

1001 Premiere

3.

Musik, die holde Kunst

Wir waren auf Ferien in Sils Maria in der Schweiz. Eine von Hans heiß geliebte Landschaft, die er mir zeigen wollte. Wir spazierten auf den Inseln und in den Wäldern rund um die Silser Seen, und er redete über Musik. Sein großes Thema. Er erklärte mir die Formen der Sätze der großen Symphonien, sezierte die genialen Einfälle seiner Lieblingskomponisten. Er sagte mir genau, was ihn an Liszt, Wagner, Strauss störte, erzählte von seinen Stehplatzerinnerungen.

„Bitte, schreib mir das auf!"

Am selben Abend waren die ersten Zeilen von „Apropos Musik" geschrieben, und ich ging fast nur noch allein spazieren.

DER GLÜCKLICHE LIEBHABER

Zum Unterschied von meinen mündlichen und meinen gedruckten Äußerungen über das Theater haben meine mündlichen und gedruckten Äußerungen über Musik niemals Proteste und Zwischenfälle ausgelöst. Vermutlich verstehe ich also nichts von Musik.

Das könnte wohl die Ursache dafür sein, daß ich so gern über Musik rede, auch wenn ich nicht muß – gerade dann sogar ganz besonders gern. Wer übt seinen Beruf gern in der Freizeit aus?!

Ich weiß, daß meine Verbindung zur Musik nicht den Segen der zuständigen Stellen hat, daß sie nicht einmal als ein festes Verhältnis zu bezeichnen wäre. Glückliche Liebe muß auf Gegenseitigkeit beruhen; aber eine glückliche Liebhaberei erfüllt sich auch in der Einseitigkeit.

Ich kann nicht richtig singen, ich kann kein Instrument zureichend spielen, ich kann höchst notdürftig Noten lesen. Ich war zeitlebens mit Komponisten und anderen Musikern befreundet und habe mit ihnen zeitlebens als Verfasser von Texten, welche gesungen werden sollten, zusammengearbeitet. Wenn man mich fragt: „Schiller oder Goethe?", antwortete ich: „Mozart!"

Ich hatte seit meiner frühen Jugend intimen Umgang mit der Musik. Und ich kann mich in Gesprächen über Musik maßlos aufregen, weit heftiger als in anderen Gesprächen, so heftig wie andere in politischen Gesprächen. Seit meinen Gymnasialjahren führe ich Gespräche über Richard Wagner, Gustav Mahler und Richard Strauss; die Partner wechselten, aber die Gespräche sind in viereinhalb Jahrzehnten nicht abgerissen.

Ich ziehe die Anwesenheit bei Orchesterproben fast

jedem anderen Zustand vor. Wenn man mich fragt: „In welches Theater willst du gehen?“, antworte ich: „Ist denn heute kein Konzert?“

Die Konzerte sind die Hauptmahlzeiten meiner Seele geworden. Als Zwischenmahlzeiten nehme ich Schallplatten zu mir.

Um Beethoven kommst Du nicht herum.

Man stolpert über ihn, reibt sich an ihm, man muß über ihn hinweg oder durch ihn hindurch, von wo immer man sich im Reich der Musik wohin immer begibt. Musik läuft entweder zu ihm hin oder geht von ihm aus. Und wo sie dies nicht tut, stellt man fest, daß sie sich jenseits von ihm befinde – und hat ihn schon wieder einbezogen.

Es geschieht Dir mit ihm in der absoluten Musik, was Dir mit Richard Wagner in der dramatischen Musik passiert. Doch von diesem später.

Mit Beethoven fängt die Musik an, und mit Beethoven hört sie auf, er reicht von Aufgang bis Untergang und von hoch oben bis tief unten.

Und wenn Du Dir dieses „von hoch oben bis tief unten“ klarmachst, wirst Du ihn verstehen und wirst vor allem seine Stellung innerhalb der musikalischen Entwicklung verstehen.

Er war unvermeidlich. Aber das allein müßte nicht für ihn sprechen. Er war unvermeidlich in der Musikgeschichte wie die Pubertät im Leben des Menschen, wie der Trojanische Krieg, wie die Entdeckung Amerikas, wie die Vertreibung aus dem Paradies und andere Katastrophen. Er hat die Erkenntnis des Guten und Bösen in die Musik eingeführt.

Er ist als Prometheus mit dem Feuer in die wohltemperierte Musik, die vor ihm war, eingebrochen.

Schubert hat Beethoven nur um ein Jahr überlebt. Aber er hat die Musik an Beethoven vorbei in das verlorene Paradies zurückgeführt. Dieses eine Jahr zwischen Beethovens und Schuberts Tod ist der Erweis einer Möglichkeit höherer Ordnung. Manche Musik ist für Gott geschrieben und manche gegen Gott, manche kommt von Gott her und manche führt zu ihm hin, Musik kann Gott dienen und kann Gott suchen, aber nur die Musik von Mozart und von Schubert hat Gott gefunden.

Mozart: das ist das goldene Zeitalter, der paradiesische Augenblick unserer Musik. Als er kam, war Haydn schon da und hatte für ihn die Wege bereitet. Die Symphonien, die Konzerte, die Sonaten, die Trios und Quartette waren schon da. Mozart mußte sie nur schreiben. ...

Mozarts Schwierigkeit liegt in der scheinbaren Leichtigkeit. Man neigt zu dem Trugschluß, die Leichtigkeit sei Voraussetzung und nicht Ergebnis des schöpferischen Akts. Mozart ist so selbstverständlich wie vieles Große, wenn es allzu sehr gesichert ist, so daß man seiner tiefen Bedeutsamkeit nicht innewird. ...

Wenn Du Mozart hörst, darfst Du innerlich lächeln, sollst Du lächeln, wirst Du lächeln. Er soll und er wird Dich erheben, und zwar ganz unmerklich, gar nicht hoch über Dich hinaus – wie wir uns im Traum erheben –, nicht fliegend, sondern schwebend. Und um eben dieses Geringe erhebt sich Mozart über alles Irdische und alle andere Musik, so daß er doch innerhalb der Erdenschwere bleibt und ihre Wirkung nur für sich aufhebt und für uns, die ihn hören. Seine Musik kommt aus unserer Welt in unsere Welt, ist nicht wie von Engeln diktiert, sondern irdisch, nicht Sphärenklänge, sondern festlich erhöhtes Dasein, nicht göttlich, sondern Gottes Ebenbild im Menschen, nicht heilig, sondern höchste Seligkeit im Diesseits.

Die große Wirkung der Musik auf ihr Publikum beruht weniger auf der Entdeckungsfreude als auf den Wonnen des Wiederfindens; man will hören, was man schon kennt, und im Hören und Identifizieren dem Vertrauten neue Reize abgewinnen. Man konfrontiert sich mit beliebten Musikstücken öfter, als man sich mit beliebten Dramen (oder gar Romanen) konfrontiert. Man geht nicht alle Jahre wieder zu „Hamlet“, „Faust“ oder „Trauer muß Elektra tragen“, aber man hört eine Beethoven-Symphonie, eine Mozart-Oper, ein Orchesterstück von Strawinsky gern nach einigen Monaten wieder. Daß man etwas gut kennt, ist in der Musik kein Hindernis, sondern ein Anreiz für die Wiederbegegnung.

Man geht „zu einem Stück“ ins Theater oder in die Oper, man geht an die Lektüre eines bestimmten Buchs, aber man geht in ein Konzert „zu“ einem Dirigenten oder einem Orchester oder einem Solisten und seinem „Programm“. Der geheimnisvolle Prozeß der Programmgestaltung gehorcht dem unbewußten Zusammenwirken zwischen Konzertgeber, Publikum und Kritik und in nächsthöherer Instanz dem Gebot des historischen Augenblicks.

Allmählich, unmerklich werden fakultative Programmpunkte obligatorisch, obligatorische fakultativ; Ballast geht über Bord und schafft Raum für neue Nutzlast.

Was wird von der heutigen Nutzlast nächstens zum Ballast degradiert werden? Was aber wird, vor allem, in der Zeit, die vor uns liegt, obligatorisch werden? Wir wissen es nicht, keine Zeit weiß es, ihr jeweiliger Irrtum scheint eine Konstante der Musikgeschichte zu sein. Wir können nur ahnen und hoffen.

Wer wird der nächste sein, wo wird die Hauptstrecke verlaufen? Eines Tages werden sich die Älteren wundern (wie wir uns heute angesichts des jüngsten Klassikers Bartók wundern): Er war immer einer unter mehreren, und nun auf einmal merken wir: Er war's!

Über wen werden sie sich derart wundern? Vielleicht über Boris Blacher, vielleicht über Ernst Křenek, vielleicht über Benjamin Britten, vielleicht über die neueren Italiener Nono, Dallapiccola, Petrassi, vielleicht kommt Bohuslav Martinů triumphal wieder, wie sein alter Landsmann Leoš Janáček im Wiederkommen ist. Ich sage Dir da nur einige Namen, auf deren Aufwertung ich hoffe, aber man soll nicht prophezeien, man soll Freude empfinden, daß es weitergeht, wie immer es weitergehen mag, und daß dieses Weitergehen gesichert scheint, trotz Rundfunk und Fernsehen und Schallplatten, die zunächst Konkurrenten schienen, aber längst Bundesgenossen der großen Musik geworden sind.

Das Konzert und die Oper leben weiter. Und nachdem ich versucht habe, Dich ein klein wenig im Umgang mit der Musik zu unterweisen, will ich mich zum Abschied von meinen an Dich gerichteten Selbstgesprächen mit Dir darüber freuen, daß es Konzerte und Opernaufführungen gibt. Man reißt sich um Eintrittskarten und zahlt hohe Preise, man fährt, wenn man sich's leisten kann, freudig in weit entfernte Orte, man plant den Konzert- und Opernbesuch oft schon Monate vorher, man zieht sich schön an, die Damen holen ihren kostbaren Schmuck hervor, alles Äußere deutet auf ein bedeutendes, festliches Ereignis, man ist erregt, hochgestimmt, man spricht lange vorher und lange nachher eifrig darüber – und das alles heute, da unser vielgelästertes Jahrhundert in sein letztes Drittel einzutreten sich anschickt – das alles für Bach und Mozart, Haydn und Beethoven, Schubert und Brahms, Alban Berg und Béla Bartók.

Komm, beeilen wir uns, daß wir nicht zu spät ins „Philharmonische" kommen – und auf dem Rückweg wollen wir darüber reden, wie schön es gewesen ist und daß eine Zeit, die so viel Raum für solche Schönheit hat, keine gar so üble Zeit sein kann.

Apropos Musik

VOM MISSBRAUCH DER MUSIK

Als ich mein Buch „Flucht vor der Größe" fertig hatte, gab es der Verleger ohne mein Wissen einem Anwalt, um alle Möglichkeiten der Ehrenbeleidigung auszuschließen, und bat mich dann, in dem Schubert-Kapitel das Adjektiv „ruchlos" im Zusammenhang mit dem Singspiel „Das Dreimäderlhaus" zu entfernen. Jetzt steht dort „als absoluter Tiefpunkt". Aber ich bin sehr glücklich darüber, daß ich jetzt, nach Jahrzehnten, feststellen kann, daß „Das Dreimäderlhaus" ruchlos ist.

Man sollte die Geschichte der Vergehen gegen den musikalischen Denkmalschutz schreiben. Die Grenze ist schwer zu ziehen.

Franz Liszt hat Schubert-Musik als Klavierstücke transkribiert, und er hat's gut gemeint. Er schätzte Schubert und wollte etwas für ihn tun. Aber das ist ein fragwürdiger Grundsatz, denn er könnte auch das „Dreimäderlhaus“ rechtfertigen. Die Familie Strauß ließ ihre Kapelle nicht nur Originalwerke von Unterhaltungsmusik-Zeitgenossen spielen, sie verarbeitete auch Opern-Novitäten zu Quadrillen, sie schmarotzte an dieser Musik, ebenso wie unter anderen der Geiger Sarasate mit seiner Carmen-Phantasie. Die Kurkapellen spielten „Phantasien“ über Opern- und Operettenmusik, man nannte eine solche Phantasie auch „Potpourri“, und warum aus dem guten deutschen Wort „Potpourri“ kürzlich „Medley“ geworden ist, weiß der liebe Himmel. Ich denke voll schaudernder Heiterkeit an den „Nibelungen“-Marsch eines Komponisten namens Sonntag.

Und als die Synkope ihren Siegeszug antrat, da ging's erst los. Ich erinnere mich aus dieser Zeit mit Vergnügen an ein Stück „Chopinata“, es könnte von Wiener und Doucet gewesen sein, aber das weiß ich nicht mehr genau.

Und jetzt gerate ich ins Schleudern. Aber vorher trete ich weit zurück und brandmarke alles, was dem armen Genie Schubert verbrecherisch angetan wurde. Wo ich Todsünden registriere, muß dies alles einen ersten Platz, einen Unehrenplatz, einnehmen.

Schubert-Filme (wie Strauß-Filme) kommen regelmäßig epidemisch wie die Grippe über uns. Selbst wenn sie besser sind, sind sie arg. Willi Forsts „Leise flehen meine Lieder“ war nicht besser. Bald nach Schuberts Tod fand das erste Unheil, Franz von Suppés Schubert-Singspiel, statt, in dem Schubert „Ich schnitt es gern in alle Rinden ein“ coram publico komponiert.

Felix Mottl, ein achtbarer Kapellmeister aus dem Kreis um Wagner, verfertigte aus Schubert-Material eine Bühnenmusik für Raimunds „Gefesselte Phantasie“, die sehr, sehr arg ist. Im „Dreimäderlhaus“ werden nicht nur Tänze und Märsche verwurstet (arg genug!), sondern auch Sonaten, und die Melodien werden in übler Manier aneinandergepickt. In einem „Schneewittchen“, arrangiert von Felix Weingartner, ist dasselbe Prinzip angewandt, ein Siebenzwergerlhaus. Und in einem dreiteiligen Fernsehspiel wird großer Wert auf die venerische Krankheit Schuberts gelegt, ein Dreispirochäterlhaus.

Kein Großer ist derart mißbraucht, geschändet worden wie er. Ganz allmählich erst kam er dorthin, wohin er zu kommen hatte. Ich bin dabeigewesen. Als ich mein Schubert-Kapitel schrieb (1958), gab es noch kaum Schallplatten der Klaviersonaten und aller Symphonien. All dies ist in einer beglückenden Renaissance nachgeholt worden, Hand in Hand, wenn ich so sagen darf, mit dem Adalbert Stifter. Die zwei soll uns jemand nachmachen! Aber das ist schon wieder einmal nationalistisch. Und hiermit kehre ich dorthin zurück, wo ich ins Schleudern geraten bin.

Unterscheidet sich „Play Bach“ entscheidend von Liszts Transkriptionen? Ja. Aber erklären und begründen Sie das! Unterscheiden sich die gar köstlichen Darbietungen der Swingle Singers von Liszts Benützungen der Schubert-Musik?

Wir sind in ein Zeitalter eingetreten, in welchem das Urheberrecht vervollkommnet (schreckliches Wort!), doch gleichzeitig vernachlässigt wird. Die Melodie ist vergesellschaftlicht (auch kein schönes Wort). Sie ist Kleingeld geworden. Konsumgut. Sie umspielt unsere Existenz. Man geht nicht in ein Konzert-Café, wo man mit Musik rechnen muß, man hört Musik, wohin immer man geht. Die jungen Leute lassen das Radio laufen, wenn sie studieren und auch sonst, und in dieser Hinsicht bin ich auch ein junger Leut. Denn ich lasse das Radio laufen, jetzt zum Beispiel, wenn ich schreibe, wenn ich lese. Es ist merkwürdig, ich verstehe mich nicht.

Aber als ich die Zahl 12 über dieses Kapitel schrieb, wollte ich nicht ganz dorthin, wohin ich jetzt geraten bin. Was mich quält und verbittert, ist der Mißbrauch hochkarätiger Musik. Unsere Nachrichtensendungen im Radio beginnen mit einem Deutschen Tanz von Schubert, die „Schöne blaue Donau“ war lange Zeit „Kennmelodie“ im Fernsehen, eine schöne Beethoven-Melodie ist im Fernsehen mit dabei, nur „Les Préludes“ von Franz Liszt kommt nicht vor, weil durch die NS-Sondermeldungen kompromittiert. Der Star unter den Mißbrauchten ist wohl Gustav Mahler. Ich will mir immer wieder merken, wo überall er drankommt, ich weiß nur die „Kennmelodie“ der Rundfunksendung „Musikland Österreich“, und einen Karl-Kraus-Film, den er gar schrecklich untermalt hat. Der Münchener Richard Strauss, der mit Vorliebe für einen Österreicher gehalten wird (warum eigentlich? Nur weil er Walzer dort verwendet, wo sie nichts zu suchen haben? Dann wäre Charles Gounod auch ein Österreicher!), leitet die Sendung „Aus Burg und Oper“ ein, die Sendung „Café Central“ und die Freude beim Frühstücken namens „Pasticcio“ im ORF-Hörfunk. Und, besonders abwegig: eine Buffo-Melodie aus „Ariadne auf Naxos“ als Kennmelodie von religiös-katholischen Sendungen im ORF-Hörfunk.

Was ist das für ein kunstgewerblicher Irrwahn, daß das Wort allein nicht stark genug ist? Daß Musik vorweggestückelt und angestückelt und dazwischengestückelt zu werden hat?

Ich spreche einen fünfzehn Minuten langen Text für den Hörfunk. Bei der Sendung wird er etwa in der Mitte durch Musik unterbrochen, die mit ihm nicht das geringste zu tun hat. In der schätzenswerten Hörfunk-Sendung „Menschenbilder“ ertönt einleitend Schumanns „Von fremden Ländern und Menschen“ – mag sein. Dann erzählt jemand solo oder im Gespräch über sich, warum muß das durch Musik unterbrochen werden?

Ganz arg ist das Avancement Mozarts in diese Sphäre. Das Amadeus-Stück war nicht ganz schlecht, und der Titelheld war in Wien bei Michael Heltau gut aufgehoben. Den Film kenne ich nicht. Aber ich höre seither Mozart-Musik oft in üblen Zusammenhängen. Sie war schon vorher arg gegenwärtig, als einer der schönsten langsamen Sätze eines Klavierkonzerts und als ein Arrangement des Anfangs der g-Moll-Symphonie zu Werbezwecken, jetzt untermalt sie auch Mozart-Kugel-Werbung.

Ja, das alles ist schrecklich, im Sinn meiner Arbeit: sündig. Doch ich bin noch immer beim Mißbrauch der Musik und erklimme den Gipfel der, für mich, Sündigkeit. Musik darf sein, wie immer sie ist, zwischen Mozart und Edmund Eysler, Monteverdi und Ligeti. Musik hat das Recht, sich absolut zu begeben als seriös und unterhaltend, und unterhaltend kann auch durchaus seriös sein: Offenbach, Milhaud. Was aber nicht sein sollte, nicht sein dürfte, ist die Manier, in der Musik vom Film verbraucht wird. ...

Gut, originale Geräusche zur Ergänzung des Optischen. Doch jetzt passiert das Schreckliche! Da wird nicht nur die „Forelle" dazugemischt, wenn sie im Film gesungen wird, nein, da beginnt plötzlich aus heiterem Himmel eine illustrative Musik und begleitet melodramatisch das Geschehen. Sie schreibt mir meine Stimmung vor, sie ist Surrogat, wenn die handelnden Personen nur agieren und nicht reden. Sie spart Kosten. Denn wenn da zum Beispiel eine Straße voll Straßenleben gezeigt wird, ist's sparsamer, sie mit Musik zu unterlegen und nicht ihre vielfachen Geräusche wiederzugeben.

Immer wieder, obwohl durch Jahrzehnte gebranntes Kind, denke ich zunächst: „Aha, im Nebenzimmer wird musiziert." Nichts da. Die Regie hat Musik bestellt, ein Komponist hat sie ad hoc komponiert, sie wird aufgenommen und dazugemischt. Und je ordinärer der Film (der Fernsehfilm), umso ordinärer, brutaler, dominierender ist sie. Sie ist nicht das einzige, was ich der Gattung vorwerfe, aber sie ist das Ärgste, das Unkünstlerischste innerhalb der Gattung.

Die 1000 Todsünden

DER WALZER

Die Polka wurde um 1830 von dem böhmischen Landmädchen Anna Slezak aus Elbeteinitz erfunden.

Der Walzer wurde nicht erfunden.

Er war schon da, ehe er da war. Er war noch nicht da, als er längst da war. ...

Der Walzer, der noch nicht so heißen mußte, lag in der Luft. Das neue Jahrhundert, das ihn brauchte, fand ihn vor. Die Stadt Prag hatte ihre Walzerkomponisten wie die Stadt Wien, brave Handwerker des Komponierens, die nur noch der Historiker beim Namen nennen kann. Der Wiener Kongreß sorgte für eine erste große Ausstrahlung in die Welt, über die alpinen und „deutschen“ Regionen hinaus. Der Walzer war schon da, ehe er da war. Er wurde sozusagen schon längst getanzt, ehe er komponiert wurde. Der Tanz namens Walzer bewirkte die Nachfrage nach dem Tonstück namens Walzer. ...

Die Welt war reif für den Walzer geworden, und seine schöpferische Begegnung mit Wiener Musikanten hatte des Walzers wienerische Variante zum Prototyp erhöht. ...

Der Walzer hat Skandal erregt wie um 1920 die „modernen Tänze“. Er war, wie sie, Ausdruck eines neuen Lebensgefühls, einer neuen Gesellschaft, doch, anders als sie, nicht durch einen neuen Rhythmus, sondern indem die alte Form des „wir“ im Rhythmus, der schon dagewesen war, durch ein neues revolutionäres, radikales „ich und du“ abgelöst wurde. Statt der annähernden Werbung war ihr Ergebnis, die vollzogene Begegnung, im Tanz stilisiert.

Im Walzer ist außer dem Rhythmus nichts festgelegt. Der Walzer kennt nicht die Vielzahl vorgegebener Figuren, er schreibt nur die Haltung vor, statt etlicher Schritte nur den einen, immer gleichbleibenden, immer erneuerten Schritt. Er erfüllt sich in diesem Immer-Gleichbleiben-immer-Erneuern – sein Wesen ist Verewigung des Augenblicks.

Die Bewegung im Zweivierteltakt und im Viervierteltakt ist fortschreitend, sie hat eine Richtung, sie hat ein Ziel. Die Bewegung im Dreivierteltakt scheint in aller Entwicklung doch am Ort zu verharren. Sie ist

Bewegung an sich, Bewegung um der Bewegung willen, ohne anderes Ziel als Bewegung.

Die Bewegung im Dreivierteltakt ist sich selbst Richtung, sie ist als Bewegung fragmentarisch, offenbleibend. Ihr fehlt ein Viertel, um ein Ganzes zu werden.

Dem Walzer eignet, wie allem, was dem Kreis zugehört, durch dieses fehlende Viertel ein unaufgelöster Rest. Er kann ebensowenig völlig in die Geradzahligkeit eingehen wie die Linie oder Fläche des Kreises sich einfach aus der Länge des Durchmessers errechnen läßt. Der Walzer läßt sich nur ermessen und nicht errechnen.

Im Walzertanzen begreift man kaum, wie man in diese neue kreiselnde Gleichgewichtslage eingetreten ist, und versteht nicht, daß sie jemals enden soll. Die Bewußtheit ist zu äußerster Intensität gesteigert und doch zugleich wie ausgeschaltet. Man ist nur sich selbst gegenwärtig, die Tänzerin dem Impuls des Tänzers, der Tänzer dem Impuls des Rhythmus unterworfen.

Man wird nachher nicht genau wissen, wie es gewesen ist. Jeder und jede ist so sehr er selbst und sie selbst, daß sie dabei weit über sich selbst hinausgelangen. Sie spüren einander und fühlen sich, ohne daß sie viel wüßten oder dächten. Wäre der Begriff „Rausch“ nicht allzu sehr von dem Ergebnis des übermäßigen Alkoholkonsums geprägt, er wäre hier am Platz. ...

Die Wiener Walzer sind nicht fröhlich, sie sind gelegentlich festlich und ausnahmsweise heiter, sie sind fast immer nachdenklich und elegisch und einsam, sie sind oft schwermütig, sie huldigen der sachten, linden Schönheit und verklären das sanfte Gesetz der Natur im getragenen Klingen und spielerischen Schaukeln. Spielt sie noch langsamer!

Das kleine Walzerbuch

DIE CELLISTEN UND DIE DERMATOLOGEN

Wir sind im Theater an der Wien bei „Othello" gewesen und nachher im Café Museum. Wir haben über die Vorstellung gesprochen, der Kellner, der uns den Kaffee gebracht hat, ist am Tisch stehen geblieben, hat zugehört und dann plötzlich gefragt: „Finden Herr Doktor eigentlich den Herrn Schöffler oder den Herrn Hotter besser als Jago?" Dann hast du lange und ausführlich mit ihm über Opernsänger gesprochen und über Dirigenten. „Der Schalk, sowas kommt nicht wieder, Herr Doktor", hat er gesagt, „dem sein Fidelio – seine Meistersinger!", und du bist mit ihm ganz einig gewesen. Immer tiefer seid ihr in die Vergangenheit geraten, eine Fülle großer Namen, in dankbarer Erinnerung heraufgerufen, Richard Mayr, Erik Schmedes, Gertrud Förstel, Lotte Lehmann, für mich Geschichte, für euch Realität. Und dann die große Überraschung, daß du plötzlich, wie nebenbei, hinzugefügt hast, daß viele von unseren heutigen Sängern den Großen aus der alten Zeit mindestens ebenbürtig sind, daß Bühnenbild und Regie seither gewaltige Fortschritte gemacht haben. Ja, gibt es denn wirklich ein Gebiet, auf dem unsere Zeit einmal von späteren Generationen als Glanzzeit, als gute alte Zeit bewundert werden wird? Nur die Dirigenten – darüber wart ihr einig –, nur die Dirigenten und die Spielpläne sind nicht mehr das, was sie einmal gewesen sind.

„Zahlen!" hat es von vielen Seiten gerufen, „Zahlen" hat der Herr Ober freundlich nach allen Seiten hin bestätigend wiederholt und ist an unserem Tisch stehen geblieben.

„Ja, der Weingartner – elegant war er, das muß man ihm lassen –, aber alles immer zu schnell, da haben der Herr Doktor ganz recht. Da ist der Furtwängler ganz ein anderes Kaliber. Kein Opernmann. Aber im Konzert! Die Neunte, die dirigiert ihm keiner nach!" Damit hat er sich, sehr bedauernd, von unserem Tisch losgerissen.

Und du bist selig gewesen, bestätigt und ganz in deinem Element.

„Wer macht uns das nach?" hast du gefragt. „Anderswo verstehen die Musiker etwas von Musik, auch nicht schlecht. Aber hier ... das muß im alten Griechenland so gewesen sein! Daß die Oper kaputt ist, trifft alle, wie wenn das eigene Haus kaputt wär'. Anderswo spielen die Cellisten Cello und die Philosophen philosophieren. Hier spielen die Dermatologen Cello und die Versicherungsbeamten philosophieren. Neulich war ich beim Primarius der Kinderklinik eingeladen. Der hat ein Ordinariat in Graz aufgegeben, weil er dort keinen anständigen Bratschisten für seine Kammermusik gefunden hat."

Unvollendete Symphonie

4.
Kabarettistisches und Parodien

Sein Zorn war manchmal sehr groß. Er hat ihn oft allein in seinem Zimmer ausgetobt. Wir haben hin und wieder zerbrochene Pfeifen gefunden. In den letzten Jahren war ein Grund dieses Zornes, der viel von Verzweiflung in sich hatte, das Thema Kabarett:
„Ich will, daß die Kabarett-Zeit aufgearbeitet wird. Es muß eine Ausstellung gemacht werden. Das Kabarett vor 1938! Es sind nur wenige auf der Welt, die das erlebt haben. So vieles ist undokumentiert vergangen. Ich weiß so vieles! Warum fragt man mich nicht? Man muß mich ausfragen – ausquetschen, solang ich noch da bin – warum fragt man mich nicht?!"
Eines Tages – Hans hatte seit langem nicht mehr die Kraft, seine Schreibmaschine zu benutzen – verlangte er von unserer lieben Fritzi, die ihm jeden Wunsch von den Augen abgelesen hat, die Schreibmaschine. Fritzi brachte sie ihm aus seinem Zimmer, das im oberen Stock lag und für ihn nur mehr mit äußerster Anstrengung zu erreichen war.
Er begann einen Text, er ist im folgenden abgedruckt: „Wiener Kleinkunst 1931–1938."
Am Nachmittag legte er sich mit seinem geliebten Radio ein bißchen hin, um noch einmal mit Karl Kraus zu sein, die „Letzten Tage der Menschheit" wurden gesendet – damit hat er uns verlassen.

Kabarett ist Notwehr.

Kabarett ist Mini-Widerstand.

Kabarett gedeiht in schlechten Zeiten, die aber nicht ganz schlecht sein dürfen.

Wohlstand gibt für das Kabarett nichts her, denn er bezieht die Kabarettisten ein. Der Protestsänger im Mercedes ist ein linker Peter Alexander.

Demokratie gibt für das Kabarett nichts her. Unsere heutigen Alternativ- und Untergrundgruppen sind keine, denn sie werden von der Presse gehätschelt, sie gelangen via Rundfunk und Fernsehen zu den Bürgern.

Kabarett: Nicht das, was gesagt wird, ist gemeint. Nicht nur das. Kabarett, wenn es stimmt, ist satirisch.

In Wien blühte das Kabarett kurz und widerruflich (Kabarett ist immer kurz und widerruflich) zu Beginn dieses Jahrhunderts. Denn da war Anlaß zur Notwehr gegen das Regime, gegen das System. Wenn Polgar und Friedell die herzlichen Umgangsformen der Offiziere und Soldaten darstellten („Soldatenleben im Frieden"), war das ein Faustschlag in das Gesicht der gar nicht herzlichen Armee. Sogar wenn es nur um die Verbohrtheit der Germanisten ging, „Goethe", war es Aggression gegen das Herrschende.

In der Ersten Republik blühte wenig mit Ausnahme der Sozialeinrichtungen der Gemeinde Wien und der Wiedergabe klassischer Musik. Die Atmosphäre war so angereichert mit totaler, dumpfig verdämmernder Stagnation, daß sie auch die Kräfte potentieller Kabarettisten einbezog. Da gab es nur das nicht-satirische, unterhaltende Kabarett, getragen von großen Show-Persönlichkeiten. Sie siedelten erstaunlicherweise fast ausschließlich im Bereich des Jargons: Grünbaum, Farkas, Berg, Springer, Rott ... Hofnarren des christlichen Antisemitismus. Sie waren besser als die unterhaltenden Filme, sie waren besser als die Operette, sie waren ehrlicher und reicher an Substanz, aber sie hatten nichts vom Geist des Kabaretts, das Yvette Guilbert und Aristide Bruant vor der Jahrhundertwende in Paris geschaffen, das „Die elf Scharfrichter" und „Das Überbrettl" nach Deutschland verpflanzt hatten und dessen Ausläufer im „Nachtlicht" und in der „Fledermaus" Wien vor dem Ersten Weltkrieg erreicht hatten.

Gerichtstag vor 49 Leuten

GERICHTSTAG VOR 49 LEUTEN

Mit saueren Trauben komm' ich zu euch,
Ich belle den Mond an und 's Dritte Reich.
Ein Brettl muß mir die Welt bedeuten,
Dort halt' ich Gerichtstag vor neunundvierzig
  Leuten.

Erst brech' ich über den Dingsda den Stab,
Dann trag' ich den Ehschowissen zu Grab,
Der Wie-heißt-er-nur-G'schwind kommt in Acht
  und Bann,
So kämpft man halt gegen Windmühlen an.

Ich schimpf': Die Theater sind alle nichts wert,
Ich schimpf' auf den seligen Völkerbund,
Doch, wenn man den auflöst und jene sperrt,
Dann ging' auch die Kleinkunst zu Grund.

Und gäb's keinen Gaskrieg, wär's grad so ein Gfrett,
Weil ich für den Song keinen Stoff mehr hätt'.
Drum bet' ich – vor allem im Hinblick auf Wien:
Gott erhalte die Dinge, gegen die ich bin.

Gerichtstag vor 49 Leuten

WIENER KLEINKUNST 1931–1938

Es gab schon von der Jahrhundertwende an „Kabaretts" in Wien, in der „Hölle", einem Raum neben dem Theater an der Wien, wohin die „Budapester" zogen, mit einem Repertoire im Jargon, eines, das in der Annagasse zuhause war und später als „Simpl" nach Münchner Muster, einen Bulldoggen als Wappen, in der Wollzeile bis heute zuhause ist: Die Glanzzeit war unter Karl Farkas und Fritz Grünbaum, um die sich Komiker reihten, traditionellerweise hauptsächlich männlichen Geschlechts.

Ganz und gar unterschieden von dem unterhaltenden Genre war das, was wir in Wien Kleinkunst nannten, aktuell, satirisch, politisch. Viele Autoren fanden Anschluß an diese politischen Bühnen. Die erste war „Der liebe Augustin", begründet von Stella Kadmon, die sehr lange gelebt hat, die aus Deutschland nach Wien zurückgekehrt ist, die den Dichter Peter Hammerschlag in den Vordergrund stellte, mit kleinen schauspielerischen Aufgaben, vor allem aber als Blitzdichter und Improvisator. Als dritter wirkte der junge Däne Tom Kray.

Ort der Handlung war das Café Prückl, Biberstraße, Ecke Wollzeile.

Hans Weigels letzter Text, geschrieben am Tag seines Todes

DAS BUCH DER BÜCHER

Suchst du heute nach Lektüre,
Ist die Auswahl ungeheuer,
Doch das Buch und die Broschüre
Sind meist fad und kosten teuer;
Auch das Lesen der Journale
Wird dir langsam unerträglich,
Denn die schreiben ja doch alle
Stets dasselbe, dreimal täglich.
Du verzweifelst bei der Suche
Nach dem wirklich guten Buche,
Drum sei eins dir nun genannt,
Wohlvertraut und doch verkannt,
Das, wie keine Geistesnahrung,
Deinen Sinn gefangen hält,
Ja, aus eigener Erfahrung
Rate ich der ganzen Welt:

Lesen Sie das Telefonbuch,
Lesen Sie es früh und spät,
Lesen Sie das Telefonbuch,
Lesen Sie's von A bis Z,
Vor dem Buch verschwindet alles,
Was die Dichtkunst je ersann,
Selbst Courths-Mahler, Edgar Wallace,
Suder-, Haupt- und Wassermann.
Lesen Sie das Telefonbuch,
Und es wird Sie nicht gereu'n,
Lesen Sie das Telefonbuch,
Und Sie schlafen ruhig ein,
Oft gibt man für dünne Werke
Beinah ein Vermögen aus,

Dieses aber, trotz der Stärke,
Kriegt man kostenlos ins Haus.
Lesen Sie das Telefonbuch,
Sei's von Rom, von Pest, von Wien,
Lesen Sie das Telefonbuch,
Einmal her und einmal hin.
Sind Sie schon beim Z gewesen,
Lesen Sie's zurück zum A,
Hab'n Sie's dann ganz ausgelesen,
Ist schon längst ein Nachtrag da.

Manche Leute lesen Hände,
Andre lesen in den Sternen,
Viele lesen Wipagwände –
Läßt sich draus die Wahrheit lernen?
Manche Leute lesen Briefe,
Andre schwärmen für Prospekte,
Allem fehlt das Objektive,
Das in diesem Buch stets steckte!
Was die Zeitung schreibt, ist nichtig,
Hier steht alles, klar und richtig,
Ungeschminkt und ungeschmiert,
Unbeeinflußt aufnotiert!
Alle Ziffern ohne Mystik
Gibt das Buch genauest an,
Fachbeamte für Statistik,
Nehmet euch ein Beispiel dran!

Lesen Sie das Telefonbuch,
Lesen Sie's von A bis Z,
Lesen Sie das Telefonbuch,
Morgens, mittags und im Bett,
Selbst der Sittlichste, er findet

Hier kein Wörtchen von Geschlecht,
Selbst der Fortschrittlichste findet,
Dieses Buch nur ist gerecht!
Es erscheint im Telefonbuch
Jeder unter gleichem Druck,
Ferne liegt dem Telefonbuch
Protektion und Selbstbetrug;
Abeles, sonst arg mißachtet,
Hier kommt er als erster dran,
Zwierzina, sonst hoch geachtet,
Wird zum allerletzten Mann,
Leset drum das Telefonbuch
Und empfehlt es weit und breit,
Haltet hoch das Telefonbuch,
Bollwerk der Gerechtigkeit,
Ist die Welt auch unheilschwanger,
Droht Malheur auf Schritt und Tritt,
Suche Trost im Telefonbuch,
Einen besseren find'st du nit!

Gerichtstag vor 49 Leuten

Ich schrieb im Sommer 1935 ein Chanson, das die Situation der „Nichtarier" in Österreich darstellte.

Ich verschickte es vielfach mit dem Vermerk: „Nachdruck, öffentlicher Vortrag und Rundfunksendung innerhalb des österreichischen Bundesgebietes ohneweiters gestattet."

Im „ABC" wurde es gesungen, allerdings sehr dramatisch, nicht in der Manier eines Couplets:

DAS LIED VOM KLEINEREN ÜBEL

Irgendwo lebt ein Mann, ich kenn' ihn persönlich,
Der scheint mir beachtlich und außergewöhnlich,
Weil er, was auch immer ihm Böses passiert,
Nicht eine Minute die Fassung verliert.
Einst war er begütert und hochangeseh'n,
Als ehrend galt's, mit ihm am Corso zu geh'n,
Seither hat sich sein Renommee längst verflüchtigt,
Heut ist er gemieden, verhaßt und berüchtigt.
Jetzt werden Sie glauben, er selbst ist dran schuld,
Da bitt' ich Sie nur um ein Weilchen Geduld:
Der Mann wird verachtet, und das ist zu dumm,
Doch keiner kann sagen, wieso und warum.
Und anstatt, daß er sich nun ärgert und kränkt,
Über Weltall und Menschheit viel Böses denkt,
Bewahrt er inmitten von Katastrophen
Noch immer die Ruhe des Philosophen.
Kriegt er eine Watschen, sagt nach kurzem Gegrübel
Er milde und freundlich: Das kleinere Übel.

Man hat ihn um Titel und Ehren gebracht,
Wohin er auch kommt, wird er ausgelacht,
Man hat ihn öffentlich gröblichst beleidigt
Und ihm dann nicht gestattet, daß er sich verteidigt,
Wer Geld gebraucht hat, hat ihm stets gewinkt,
Und hat er's gehabt, hat er g'sagt, daß es stinkt,
Man richtet ihn systematisch zu Grund
Doch glauben Sie, das wird dem Mann je zu bunt?
Er sagt ganz ruhig nach kurzem Gegrübel,
Was immer ihm zustößt: Das kleinere Übel.

Er hat eine Tochter, die ist reizend schön
Und möchte so gerne zum Tonfilm geh'n,
Doch großes Können und Schönheit versagt,
Sie findet kein Engagement, Gott sei's geklagt;
Oft kommt sie nachhause: Wie ungerecht!
Die Zeit ist erbärmlich, die Menschen sind schlecht!
Doch der Vater sagt ihr nach kurzem Gegrübel:
Bleib ruhig, mein Kind; das kleinere Übel.

Er hat einen Sohn, der studiert Medizin,
Den haben die Kollegen vor Jahren bespien,
Er kam damals zornig zum Vater nachhaus
Und rief: Das halt' ich nicht länger mehr aus!
Doch der Vater sagte nach kurzem Gegrübel:
Bleib ruhig, mein Kind; das kleinere Übel. –
Und jetzt hat der Bub seine Studien beendet,
Sich überall hin um Arbeit gewendet,
Doch „Nein!“ rufen alle Stellen im Chor,
Und Minderbegabte zieht man ihm vor.
Er wurde ganz mutlos und fragte: Papa,
Sagst du wirklich noch immer zu alledem ja?
Doch der Vater sagte nach kurzem Gegrübel:
Bleib ruhig, mein Kind; das kleinere Übel.

So hat er seit Jahren auf allen Gebieten
Samt Haus und Familie viel Unrecht erlitten.
In letzter Zeit geht es ihm ärger denn je,
Kein anderer traut sich ihm mehr in die Näh',
Gewachsen die Mißgunst, der Haß und der Neid,
Er findet nirgends Gerechtigkeit,
In Sommerfrischen, auf Bergen, an Seen
Ist er gemieden und ungern geseh'n,

Man schlägt ihm wirtschaftlich schwere Wunden,
Nur seine Verwandten sind noch seine Kunden,
Und eifrig rechnend sitzt er zuhaus:
Solang reicht mein Geld, dann ist alles aus.
Doch noch einmal sagt er nach kurzem Gegrübel:
Nur ruhig, nur ruhig; das kleinere Übel.

Und wenn sie ihn morgen durch Straßen jagen,
Mit Steinen werfen, mit Ruten schlagen,
Und wenn sie morgen in wilden Rudeln
Sein Hab ihm nehmen, sein Haus besudeln,
Und wenn sie dann ihm, der schuldlos und gut,
So tun, wie man Übeltätern tut,
Und ihn und die Seinen, auf daß sie verrecken,
Ohne Urteil ins nächste Gefängnis stecken,
Dann fragt vielleicht mit bitterem Hohn
Den todwunden Vater der sterbende Sohn:
Sag, Vater, bist du endlich soweit,
Bereust du nun deine Gutwilligkeit?
Doch dann sagt der Vater nach letztem Gegrübel:
Wer heutzutag stirbt, wählt das kleinere Übel.

Ihr wollt die Moral noch am Ende vom Lied?
Bleibt ruhig und freundlich, was euch auch
geschieht,
Und leidet ihr Unrecht, vergeßt nie und nimmer:
Dem und dem dort und dort geht's noch viel, viel,
viel schlimmer!
Lest Hiobs Geschichte, sie steht in der Bibel,
Und die Hans im Glücks, sie steht in der Fibel,
Dann sagt ihr bestimmt auch nach kurzem Gegrübel,
Was immer euch zustößt: das kleinere Übel.

Gerichtstag vor 49 Leuten

Es gibt nichts Gefährlicheres als die Parodie. Helmut Qualtinger hat mir einmal einen großen Sänger vorgespielt, den ich sehr verehrte. Qualtinger sang mir ein wunderschönes, sehr ernstes Schubertlied vor. Bei jeder neuen Phrase, die tief gedacht und empfunden war, rutschten die kleinen Ohren ein Stück in die Höhe. Es war mir nie mehr möglich, beim Original darauf zu vergessen.

WIRTINNENVERSE, DIE ÖSTERREICHISCHE LITERATUR BETREFFEND

Zu einer Wirtin an der Wien,
Da kamen die Autoren hin
Und auch die Autorinnen;
Man bat mich um ein paar Porträts,
Die will ich nun beginnen:

Dort saß die Aichinger, die Ilse,
Die ich noch immer infantil seh;
Ich sprach: Sie fasziniert mich,
Als sie „Die größere Hoffnung“ schrieb
Im Jahre siebenundvierzig.

Dort saß und trank auch H. C. Artmann,
Den sah teils mit, teils ohne Bart man;
Ich denk', man muß ihn loben,
Er hat ins Reich der Poesie
Den Dialekt erhoben.

Dort saß und trank auch Wolfgang Bauer,
Ein Stückeschreiber, ein sehr schlauer,
Der mitstenographierte
Fürs ganze deutsche Sprachgebiet,
Was ihm in Graz passierte.

Dort saß oft grimmig Thomas Bernhard,
Der Tod und Sterben riesig gern hat;
Sein Stil ist großkalibrig,
Er schimpft, er schießt, er schlägt um sich –
Ich hab' viel für ihn übrig.

Dorthin kommt auch Christine Busta,
Ein rares Dichterinnenmuster;
Im Kurs steht hoch ihr Name:
Sie ist der Lyrik dieser Zeit
Verehrte erste Dame.

Dort saß und trank oft Milo Dor.
Der steht sehr vielen Gremien vor,
Schreibt treffliche Romane,
Der Donau und der Adria
Verpflichtet als Balkane.

Dort saß oft schreibend Jeannie Ebner,
Apoll, viel Kraft ihr hat gegeben er
Der Prosa und des Reimes;
Im Geist von heute gibt sie uns
Archaisch tief Geheimes.

Dort saß oft einsam Friedl, Hermann,
Liest man ihn, freut sich immer sehr man;
Von Ärzten und Patienten
Schreibt er Romane, sprachlich dicht,
O daß dies viele könnten!

Dort saß auch gern Barbara Frischmuth,
In ihren Adern fließt kein Fischblut,
Ihr blühte reicher Segen:
Sie produzierte Buch auf Buch,
Wie Hennen Eier legen.

Dort saß auch manchmal Peter Handke,
Den laut zu rühmen ich durchs Land geh',
Weil er das Schreiben meistert;
Auch er hält es ganz so wie ich:
Er ist von sich begeistert.

Dort saß als Gast der Fritz Hochwälder,
Der düngte edle Dramenfelder;
Mit wohlgeformten Stücken
Erregt er schon jahrzehntelang
Viel Spannung und Entzücken.

Dozierend saß dort oft Ernst Jandl;
Spartanisch ist sein Lebenswandel,
Den größten ihn zu nennen,
Erscheint mir meine schönste Pflicht;
Wohl uns, daß wir ihn kennen!

Man sieht auch stets den Wolfgang Kraus,
Der ist dort namenlos zuhaus;
Seit jeher ungebrochen
Dient er dem Autor und dem Buch
Durch Lesungen und Wochen.

Dorthin kommt auch Matthias Mander,
Der kombiniert sie miteinander,
Er gleicht dem Schizoiden,
Halb Dichtung und halb Industrie –
Mich würde das ermüden.

Dort saß auch der Marginter, Peter,
Ganz eigene Prosawege geht er,
Die kaum gegangen wurden;
Er nascht genüßlich Menschenfleisch,
Er watet im Absurden.

Bei Jandl saß die Mayröcker,
Die ich voll Freude fei're, wer
Hat sonst die Hermeneutik
So hold mit Poesie verknüpft,
So zeitlos und doch heutig?

Oft saß dort schweigsam Jutta Schutting,
Die am Metier mit kühler Glut hing,
Nicht immer leicht zu lesen;
Doch wenn man sich dazu entschloß,
Ist man beglückt gewesen.

Dort saß auch oft die Tielsch, die Ilse,
Die ich voll Freude bald am Ziel seh;
Ihr glückten Seller-Schlager,
Gekonnt und lesbar schreibt sie die
Sudeten-Forsyte-Saga.

Dort saß oft freundlich der Turrini.
Der ist so fruchtbar wie Rossini;
Er schrieb seit vielen Jahren
Komödien, die von Beaumarchais
Und anderen Dichtern waren.

Dort sitzt oft plaudernd Helmut Zenker,
Ein dezidierter Bürgerkränker;
Ihn freut nicht Wald und Wiese,
Er ist bewußt, mit Engagement,
Ein Romancier der Krise.

Die Gruber, Wolfmayr, die Schlag,
Die schreiben emsig Tag für Tag
An hochbegabten Texten,
Der Fleck, der Prantl und der Zumpf,
Sehr viele sind die nächsten.

Auch ich sitz' oft in dem Lokal
Und freu' mich kindisch jedesmal
Der zahlreichen Kollegen,
Ich frage mich nur sorgenvoll:
Wer wird all das verlegen?

Auf Fussenegger, Canetti, Rosei, Henisch, Ivanceanu, Scharang, Kerschbaumer, Wolfgruber, Merkel, Nowak, Kudrnofsky sind mir nur keine Reime eingefallen – nicht daß ich sie hätte für unwert erachtet! Auf Spiel wären mir Reime eingefallen, aber nicht auf London beziehungsweise England, was in diesem Zusammenhang unabdingbar wäre.

Nach wie vor Wörter

BERTOLT BRECHT IM FEGEFEUER

Als der arme B. B. im Fegefeuer
von den Feiern seines siebzigsten Geburtstags hörte
bat er ein Gedicht schreiben zu dürfen.
Und da es im Fegefeuer humaner zugeht als in
   Lagern und Kerkern
denen B. B. freundlich gesinnt gewesen war
erhielt er die Erlaubnis
und schrieb:

Als der große Rote gestorben war
blieben die welchen er anhing verlegen.
Jene aber an deren Untergang er mitarbeitete
huldigten ihm weiter
und feierten seinen siebzigsten Geburtstag
als wäre er einer von ihnen gewesen.

Bald nach diesem Geburtstag
demonstrierten einige Tausend im Westen Berlins
für Mao und Ho
und wurden darob geschmäht und verfolgt.
Hunderttausende aber huldigten weiterhin
dem roten B. B.
und kauften seine Schriften
in welchen zu lesen ist das Lob Maos und Hos
und des großen Stalin.
So unterhöhlt der Westen sich selbst.

Als er dies geschrieben
und seinem Verleger Suhrkamp
der gleichfalls im Fegefeuer brät
übergeben hatte
kehrte er verschmitzt lächelnd
in seinen Kessel zurück
weiter geschmort zu werden.

Ad Absurdum

VIA MAHLER

Nach Alma Mahler-Werfel

57. Kapitel

Toni Sailer kam zu mir ins Hotel und barg den Kopf an meiner Brust. Er verlangte einen Kuß. Ich streichelte ihn. Was sollte ich tun?

Toni schluchzte: „Wie soll ich morgen beim Slalom starten?"

Ich küßte ihn.

Am nächsten Tag gewann er die Weltmeisterschaft.

Sailer ist ein schöner Mensch, innerlich und äußerlich. Ich bin ihm sehr dankbar dafür, daß ich ihm helfen durfte. Ich nenne ihn mein „Mannkind".

Toni bedrückt mich. Er ist rücksichtslos. Ich will mein eigenes Leben leben. Ich will selbst Ski laufen. Ich bin eine ebenso gute Abfahrtsläuferin wie er. Das wurmt ihn. Ich habe Edison zuliebe das Erfinden aufgegeben, obwohl ich begabter war als er. Dieser Tyrann! Ich habe Bismarck zuliebe die Politik aufgegeben. Er konnte nichts Gleichwertiges neben sich dulden. Die schönsten Stellen aus dem „Rosenkavalier" habe ich komponiert, aber dann habe ich Richard Strauss zuliebe der Musik entsagt. Nun muß ich ausnahmsweise einmal an mich denken. Ich will Ski laufen.

Ich habe mich von Sailer getrennt. Er tut mir so leid. Was soll jetzt aus ihm werden? Zum Abschied stammelte er: „Du – du –" Und ich saß da und war glücklich, daß mein kleines Nichts imstande war, Erschütterung in einem Gesicht zu wecken, das ich so verehre.

Haeusserman, der schöne junge Burgtheaterdirektor, rief an. Seine Betriebsamkeit hat etwas Verwandtes. Er berichtete mir, daß Hemingway stöhnend in der „Copa

Cabana" auf und ab geht und nach mir schreit. „Ich kann nicht arbeiten, wenn Alma nicht zu mir zurückkehrt!"

Was soll ich tun? Haeusserman ist für Versöhnung.

Soll ich zu Hemingway zurück? Alles aufgeben für diesen einen?

Er ist sehr kraftvoll, und ich liebe die Hellen, Satten, wenn ich nicht gerade die Dunkeln, Hungrigen liebe. Aber Hemingway ist so herrisch. Er lähmt meinen Höhenflug. Die Zeit mit ihm war unvergeßlich, stürmisch wahnwitzig. Sie war die schönste Zeit meines Lebens, wenn ich von den Zeiten absehe, die ich mit Picasso, Matisse, Prokofieff, Chaplin, Grock und den Brüdern Mann verbracht habe. Aber sie ist zu Ende. Muß zu Ende sein. Ich habe Gerhart Hauptmann das „Hannele" diktiert, ich habe Eiffel die Pläne für seinen Turm gezeichnet, ich habe die Curies auf die Idee gebracht, das Radium zu entdecken. Sie alle waren dankbar und demütig. Nur Hemingway will immer wieder aufbegehren. Nein, endgültig Schluß mit Hemingway! Haeusserman wird es verstehen. Er gefällt mir, innerlich und äußerlich. Wenn Gustav Mahler gewesen wäre wie er, hätte ich ihn besser verstanden.

Gestern erschien bei mir Peter Kreuder, ein Engel von einem Menschen. Er bat mich, ihm beizustehen. Er kam mit dem Komponieren nicht weiter. Ich half ihm.

Aus Peter Kreuders Tagebuch:

Gestern mit Heesters im Café. Zwei Eier im Glas. Ich bin ein asketischer Typ. Ich habe für Alma einen Song geschrieben. Er ist mein schönster. Ich will ihn nennen „Sag beim Abschied leise Servus" und ihn ihr widmen. Erst Alma hat aus mir gemacht, was ich wirklich bin: ein Genie. Gestern im Café zwei Paar Würstel mit

Senf. Ich war sehr inspiriert. Was wäre ich ohne Alma?! Gestern Weinkrampf. Dann Café. Ein Mayonnaise-Ei.

Kreuder will mich heiraten. Ich bin unschlüssig. Ich habe meine Bedingung gestellt: Er muß das Komponieren aufgeben. Ich bin sehr elend. Aber ich will Klarheit.

Igor Strawinsky sah bei mir ein Notenblatt. Er spielte das Stück, kniete dann nieder und verlangte einen Kuß. Die Komposition war von mir. Er sagte: „So etwas habe ich noch nie gesehen." Ich streichelte ihn. Kreuder wurde eifersüchtig und ging. In mir ist ein ungeheurer Protest gegen alle, die nicht vor mir niederknien. Ich muß mich von Kreuder trennen. Er weint seit Tagen unaufhörlich.

Toni Sailer hat das Skilaufen aufgegeben und ist zur Fremdenlegion gegangen. Ich bin in Paris, um für ihn zu intervenieren. Als ich in die Hotelhalle komme, sitzt dort Chruschtschow. „Ich komme mit dem Siebenjahresplan nicht vorwärts", stöhnt er. „Du mußt mir helfen."

Ich zaudere. Soll ich sein Steigbügelhalter werden?

Er wird ungeduldig. Er stellt mir ein Ultimatum. „Wenn du nein sagst, lasse ich die Gipfelkonferenz auffliegen!"

Ich ertrage es nicht, daß andere mir ihren Willen aufzwingen wollen. Wortlos verlasse ich ihn und gehe zum Lift.

Am nächsten Tag erfährt die ganze Welt, daß die Pariser Gipfelkonferenz aufgeflogen ist.

In der nächsten Folge:
Arturo Toscanini –
Karlheinz Böhm –
Joe Louis

Ad Absurdum

AUS DEM ZYKLUS „DIE BESCHIRMUNG DER MÜTZE“

Nach Ernst Jandl

ein degicht
aus stuchbaben
ein stedicht
aus stabbuchen
ein gebacht
aus stichbuben
ein stabicht
aus dichtbuben

protest
kontratest
prohaska
kontrahaska

zyklamen
yklamen
klamen
lamen
amen

abendröte
morgenflöte
vormittagsnöte
mittagskröte
nachmittagsgoethe

einsiedelei
eisiedelei im glas
einsiedelglas
zweisiedeleier im glas

Ad Absurdum

DEM FÜNFUNDSIEBZIGJÄHRIGEN ERICH KÄSTNER

Eine Huldigung im Stil des Jubilars

Er wurde geboren in Dresden
Und mußte als Kind in den Krieg,
Dann machten sie aus den verwesten,
Lädierten Trümmern und Resten
Des Reichs eine Republik.

Er zog nach Berlin und verfaßte
dort Verse im sachlichen Stil,
Er geißelte, was er haßte,
Verhöhnte, was ihm nicht paßte,
Ihn ärgerte. Das war sehr viel.

Bald schwang der zornige Deutsche
Mit mächtiger Resonanz
Die lyrisch-satirische Peitsche
Gegen nationalistisch-bayreuthsche
Verderber des Vaterlands.

Er fand seine eigene Weise,
Den höchst persönlichen Ton,
Er störte ironisch und leise
Die Kreise der herrschenden Kreise,
Der schleichenden Reaktion.

Dann kamen die braunen Germanen
Und unterwarfen das Land,
Man hißte Hakenkreuzfahnen,
Man forschte nach arischen Ahnen,
Hat Kästners Bücher verbrannt.

Doch ließ er sich nicht vertreiben,
Bestand auch Lebensgefahr,
Er durfte nicht reden, nicht schreiben,
Er wollte trotz alledem bleiben,
Dort, wo er zu Hause war.

Die Hoffnung mußte ihn trösten,
Und er erlebte den Sieg,
Dann machten sie aus den verwesten,
Lädierten Trümmern und Resten
Des Reichs eine Republik.

Was er zwölf Jahre versäumte,
Besorgt' er nun mit Vehemenz,
Er redete, wirkte und reimte,
Er kämpfte für das, was er träumte,
Als Obmann des westdeutschen PENs.

Er wollte Gespenster vertreiben,
Erstickte im „täglichen Kram",
Er konnte nicht untätig bleiben,
So daß er vor lauter Schreiben
Kaum mehr zum Schreiben kam.

Er ist zwar noch immer ein Dresdner,
Doch längst in München daheim,
Sägt auch nicht an neuesten Ästen er,
Man findet noch immer bei Kästner
Auf unsere Zeit manchen Reim:

Die Wirkung von einst verschiebt sich
Um fünfzig Jahre nach vorn;
Beim Kästner-Lesen ergibt sich:
Der Autor ist fünfundsiebzig,
Doch jung blieb sein lächelnder Zorn.

Ad Absurdum

5.

Vermischtes, Satiren, Blödeleien

Eine Angst hat uns immer gemeinsam überfallen, die Angst vor der Witzlosigkeit der Mitmenschen. Das Herausprudeln einer Pointe, die unerwidert bleibt. Da ist nichts mehr zu retten. Jede Erklärung macht alles noch schlimmer. Die Pointe stürzt ab. Bleibt liegen – man hat das Gefühl, nach Jahren wird man noch darüber stolpern.
Es gibt beim Schreiben von Dialogen die so seltene Begabung des Wissens einer Pointe. Wenn ich in den Kammerspielen ein Stück gespielt habe, in dem die Leute zum Lachen gebracht werden sollten, hat mir Hans oft beim Textlernen zugehört und hat einfach so mit Zwischensätzen dreingeredet. Ich hab sofort mitgeschrieben – und diese, seine Zwischenrufe sind oft Höhepunkte des Abends gewesen.
Am ärgsten waren die Momente, wo ich mit meinem Block vor ihm gesessen bin, die Feder in der Hand: Ich brauch an dieser Stelle ein Couplet, diese Szene ist unbrauchbar, sie muß neu geschrieben werden. Eine tödliche Langeweile ist plötzlich zwischen uns ausgebrochen. Hans hat zu gähnen begonnen, bei diesem Anblick hat mich unendliche Müdigkeit befallen, ich konnte mir nicht vorstellen, daß auf diesem Blatt auch nur ein Wort geschrieben stehen würde. Auf diese Weise sind die schönsten Weigel-Texte für Stücke entstanden. Obwohl er selbst ein ganz reines Hochdeutsch gesprochen hat – in seinem Gehirn waren ihm Dialekte geläufig, auf den Punkt getroffen.

Wie oft sitzen wir heute mit leeren Blättern vor uns: Wenn jetzt der Hans da wäre – erst würde er einschlafen vor Langeweile, und dann wäre genau der Einfall da, den wir gesucht haben.
Aber auch jetzt flüstert er mir manche Pointe heimlich zu. Wenn ich jetzt mit Lore Krainer vor leeren Blättern sitze, ist es ein bissel anders. Sie habe ich nämlich gebeten, mit mir diese gehirnquälerischen Stunden zu verbringen. Aber sie schläft nicht ein. Im Gegenteil. Wieso ihr trotzdem so viel einfällt, versteh ich nicht.

DIE POINTE

Man erwartet und verlangt von mir immer wieder, daß ich lustige Sachen schreibe, und das ist nicht lustig.

Ein kluger Mann hat einmal festgestellt: Schriftsteller, das ist einer, dem das Schreiben schwerer fällt als den andern. Ich glaube, in Ergänzung dieser Erkenntnis: Humorist, das ist einer, dem weniger lustig zumute ist als den andern.

Der Humor-Professional lacht nicht, weder beim Produzieren noch beim Konsumieren von Pointen. Er prüft das Lustige, wie ein Teekoster oder Weinkoster die diversen Sorten kostet. Er lacht ganz selten und lächelt nie. Aber er erwartet, daß sein Publikum lacht.

Da ich die Leser, die meine Sachen schwarz auf weiß vor sich sehen, nicht beim Lesen beobachten kann, bin ich auf die liebenswerte blonde Dame in meiner nächsten Umgebung angewiesen; sie liest alles, was meine Schreibmaschine verläßt, ehe es das Haus verläßt. Sie verfügt erstens über die Fähigkeit, Texte zu beurteilen und unschätzbare Ratschläge für den letzten Schliff zu geben, zweitens aber spürt sie unfehlbar Tippfehler auf, die ich immer wieder übersehe, wenn ich mein Script auch noch so oft durchlese. Ich hasse Tippfehler, und der Haß ist gegenseitig: Die Tippfehler höhnen mich, indem sie sich vor mir verstecken.

Die betreffende Dame hat sich im Laufe ihres Lesens schnell zum Professional entwickelt, und das ist, literarisch betrachtet, ein Segen und tut den Texten sehr gut, leider aber nicht auch mir. Sie lobt, was zu loben ist, aber sie lacht fast nie beim Lesen meiner lustigen Sachen. Und ich schreibe doch, auf daß gelacht werde. Anfangs hat sie noch gelegentlich gelacht, aber jetzt sehe ich, wenn ich sie gespannt aus dem Augenwinkel beobachte, wie sie mit dem Bleistift kategorisch Punkte an den Rand setzt, wo ich mich vertippt habe, ohne eine Miene zu verziehen.

Heute habe ich eine Betrachtung über die Schlaflosigkeit verfaßt, und ich glaube, daß sie mir besonders gut gelungen ist. In kühnen Wahnvorstellungen sagte ich mir: Das ist vielleicht fast so gut wie Kishon, deutsch von Torberg.

Die blonde Betreffende las, ernst und gewissenhaft, sie betätigte emsig den kategorischen Bleistift. Da, plötzlich – wer beschreibt mein Glück?! – lachte sie herzlich. Wonnebebend ließ ich sie zu Ende lesen, dann fragte ich stolz: „Worüber hast du gelacht?“

„Du hast einmal ‚Schaflosigkeit‘ statt ‚Schlaflosigkeit‘ geschrieben.“

Von Alfred Polgar gibt es eine klassische „heitere“ Betrachtung über die Druckfehler. („Klagen wir nicht über Druckfehler. Man weiß nicht, wovon man tief wird.“)

Ich möchte eine tragische Betrachtung über Tippfehler schreiben: Klagen wir nicht über Tippfehler. Man weiß nicht, wovon man lustig wird.

Nebelspalter

DER WURSTELPRATER

Der Wurstelprater war – und das ist der Stadt Wien schmerzlichster Verlust im Inferno des Zweiten Weltkrieges gewesen – er war am stadtnächsten Zugang in den Prater, am Praterstern, wo auch die Hauptallee entspringt, weithingebreitet, ein lärmendes Vielerlei von Freuden, mehr als ein Rummelplatz oder Vergnügungspark durch die nahe Gegenwärtigkeit von Bäumen und Auen, ein bunter Mikrokosmos fröhlichsten Zeitvertreibs, erfüllt von harmonisch dissonantem Gewirr der mechanischen Musikwiedergabe und werbender Oratorik der Ausrufer, von Lachen und Kreischen und Rattern und Johlen. Da war das Riesenrad (wie die Rotunde Relikt einer Weltausstellung) und die Berg-und-Tal-Bahn, ältere, weniger alte und ganz alte Ringelspiele, da waren Kinos und Schaubuden, Rutschbahnen und andere Gelegenheiten, vergnüglich das Fürchten zu lernen, alle Kraft zusammenzunehmen, die Lust im Schmerz zu fühlen, ehrwürdige Grottenbahnen und neuere Geisterbahnen und dazwischen Lokale und Gärten und Buden und vazierende Händler, bei denen man essen und trinken konnte, da waren Schießbuden und Autodrome und Kraftmesser, unter ihnen der „Watschenmann“, den man ohrfeigte, woraufhin er zugleich wimmerte und auf der Skala die aufgewandte Energie der Ohrfeige angab, da war der Wurstel persönlich, mit „Kasperltheater“ höchst unzureichend umschrieben, der Bauchredner mit seiner Puppe Maxi, da waren die Schnellphotographen, der Flohzirkus, die Wasserbahn, die Achterbahn ... ach Gott, was war da nicht alles, es war mehr als ein Platz, mehr als ein Raum, ja: es war mehr als ein Stadtviertel und mehr als eine Stadt, es war eine Welt ...

Und als der Rauch der Brände sich verzogen hatte, stand man am Anfang der Hauptallee und sah über ein ganz kleines, schmales, gestaltloses Stück Nichts hinweg die Ausstellungsstraße, die einst, unendlich fern von hier, die jenseitige Begrenzung des Wunderreichs markiert hatte. Auf so kleinem Raum war so viel gewesen? Es war gewesen, es ist gewesen, bis heute und morgen und in etliche Zukunft hin. Denn man kann Straßen und Häuser wiederaufbauen, dem Regierungssitz am Ballhausplatz sieht niemand an, daß ein Eck seiner Fassade ausgebrochen war und liebevoll rekonstruiert wurde, man kann sogar das Äußere eines Doms wiederherstellen, wie aber soll man neu bauen, was nicht gebaut, sondern gewachsen, gewuchert war, wie kann man ein göttliches Chaos von Holz und Pappe und verblassender Fadenscheinigkeit, wie kann man Patina auferstehen lassen, Gerüche und Düfte und Stimmengewirr und einen verwickelt ungreifbar vielgestaltigen Grundriß, der Kartographen und Photographen hohnsprach? Längst sind wieder Buden da, Autodrome und Achterbahnen, das Riesenrad ist bewahrt geblieben und das Kino namens Lustspieltheater; vielleicht sind schon wieder ebenso viele Etablissements in Betrieb wie vor dem Untergang, wieder schlendern die Leute lachend umher und sitzen essend und trinkend in und vor den Lokalitäten, das Orchestrion wetteifert mit dem Lautsprecher um den Hauptanteil an dissonanter Harmonie, aber immer noch ist das rauchgeschwärzte Nichts unbesiegt, dringt aus dem Boden und grinst um die Ecken. Denn eine Ordnung läßt sich wiederherstellen, nicht aber die durch Jahrhunderte gewachsene, weltgewordene Unordnung. Wien wird immer Wien bleiben, aber der Wurstelprater wird nie wieder der Wurstelprater sein, und gewänne er selbst die Patina neuer Jahrhunderte. An dieser, einer sehr entscheidenden Stelle hat Österreich den Krieg verloren. Um den Wurstelprater ist es ärmer geworden.

O du mein Österreich

REQUIEM FÜR EINEN BAUM

O Tannenbaum, o Tannenbaum,
Wohin sind deine Blätter?
Du grünst nicht mehr zur Sommerszeit
Und nicht im Winter, wenn es schneit,
O Tannenbaum, o Tannenbaum,
Wohin sind deine Blätter?

O Tannenbaum, o Tannenbaum,
Schon siehst du dem Skelett gleich;
Der Tod hat dich mit Gift besprüht,
Mit saurem Schwefeldioxyd,
O Tannenbaum, o Tannenbaum,
Schon siehst du dem Skelett gleich.

O Tannenbaum, o Tannenbaum,
Bald bist du prähistorisch;
Dein Dasein wird zu Ende sein,
Du wirst nur noch Legende sein,
O Tannenbaum, o Tannenbaum,
Bald bist du prähistorisch.

Nebelspalter

APROPOS SEELE

Depressionen können auch berechtigt sein. Ein Kranker sagt: „Ich habe alles im Leben falsch gemacht", und es stimmt trotzdem.

Nichts Unerfreulicheres als das Seelenleben einer Frau!

Höchstens das Seelenleben eines Mannes.

Selbsterkenntnis ist der erste Schritt zur Selbsterkenntnis.

Der große Vorteil der chirurgischen gegenüber den psychiatrischen Methoden ist die Narkose.

Die Kinderkrankheiten der Seele brechen erst bei den Erwachsenen aus.

„Das menschliche Unterbewußtsein gleicht dem Innern einer Damenhandtasche“, sagte der Humorist. Ein Mann rief indigniert: „Ich lasse mein Unterbewußtsein nicht beleidigen!“

„Ich habe keinen Minderwertigkeitskomplex!“ sagte der Minderwertige.

Seelische Gesundheit: das wohldosierte und wohltemperierte Mit- und Gegeneinander aller denkbaren seelischen Krankheiten.

„Zwei Seelen wohnen, ach, in meiner Brust.“ – „Nur zwei, Sie Glückspilz?!“

„Herr Doktor, ich bin fest überzeugt davon, daß ich kein normaler Mensch bin.“ – „Das ist ganz normal, mein Lieber!“

„Herr Doktor, ich habe endgültig erkannt, daß kein Psychiater mir helfen kann.“ – „Ich gratuliere Ihnen: Sie sind geheilt entlassen.“

Ad Absurdum

DE SENECTUTE

> Ja, ja, lang leben will halt alles,
> aber alt werden will kein Mensch.
>
> *Nestroy*

Senil – das ist nicht alt, auch nicht greisenhaft. Senil – das ist ein ganz bestimmtes Nachlassen der Kräfte. Solange man aber merkt, daß man senil ist, ist man nicht senil.

Alle Eigenschaften der Senilität treten gelegentlich auch schon bei Jüngeren auf: Vergeßlichkeit, schlechtes Gedächtnis, Rechthaberei, reduzierte Aufmerksamkeit und Aufnahmefähigkeit; viele von ihnen müssen auch nicht in höherem Alter auftreten. Der Kalk trifft, wohin er will, wann er will.

Es gibt ja andererseits auch die Altersweisheit. Man steht darüber. Aber auch die Weisheit ist kein Privileg der Alten.

Sehr geheimnisvoll ist das mit dem Altersstil, den Alterswerken. So wie Fische, Hunde, Elefanten, Schildkröten verschieden lang leben, ist's auch bei uns Menschen. Goethes Altersstil, Verdis Altersstil waren um ihr achtzigstes Lebensjahr. Nestroys Altersstil, Beethovens Altersstil, Mahlers Altersstil waren in viel jüngeren Lebensjahren, weil Nestroy, Beethoven, Mahler weniger lange lebten. Bei Schubert sträubt man sich gegen das Wort Altersstil, doch auch seine letzten Werke sind anders, sind spät, sind Abschied. Wo ist die Instanz, die weiß, spürt, ahnt, daß jetzt die letzten Jahre sind? Kommt das vom Physischen herüber in die Regionen des Schöpferischen?

Hugo von Hofmannsthal soll gesagt haben (Heinz

Kindermann hat es mir erzählt): Der Fehler war, daß ich nicht jung gestorben bin.

Glücklich, wer sich im Spätstil vollenden kann und nicht das Nachlassen der schöpferischen Kräfte erleben muß wie Gerhart Hauptmann, Richard Strauss, Carl Zuckmayer.

Glücklich, wer wie Franz Nabl ein Leben von neun Jahrzehnten und wie selbstverständlich den Ausklang geleistet hat und seine schwindenden körperlichen Kräfte in vollem Besitze des Geistes und Gedächtnisses bewußt einsetzte, mit sich und mit der veränderten Welt identisch zu bleiben.

Glücklich, wer in Anstand und Würde aufzuhören weiß.

Das Problem des Altgewordenseins scheint mir in eben diesem Mit-sich-identisch-Bleiben zu liegen: im stimmenden Gleichgewicht von Gewesenem und Späterem.

Große Mücken, kleine Elefanten

LOB DES HÖRFUNKS

Es ist wie mit der Autobahn. Im Anfang war die Bundesstraße, sie war traditionsreich und gewissermaßen ehrwürdig, und von den Fahrten aus der Frühzeit des Personenkraftwagens her, auch von Autobusfahrten her, hatte man gute Erinnerungen. Man erlebte Fahrten von einst mit, wenn man wieder auf ihr fuhr.

Doch dann kam der Verkehrsboom, und die alte Straße wurde aus einer lieben Gewohnheit zur neuen Hölle. Und dann kam die Autobahn und schluckte den großen Verkehr. Und jetzt ist die gute alte Bundesstraße, wenn sie halbwegs instandgesetzt ist, wieder befahrbar und bietet alle verloren geglaubte Annehmlichkeit und Identifikations-Erinnerung wieder.

So war's mit dem Rundfunk, ehe das Fernsehen kam. Und dann als das Fernsehen gekommen war.

(So war's auch mit dem Stummfilm, ehe er tönend wurde. So war's auch mit dem Tonfilm, ehe er farbig wurde.)

Man hatte nur das Radio. Man war zunächst: jeder sein eigener Pionier. Und dann war das Wunder zum Alltag geworden. Und man schimpfte auf das Radioprogramm. Wie man, reflexartig gleichsam, auf die Steuern, auf die aufgerissenen Straßen und auf die heutige Jugend schimpft.

Wer schimpft heute noch auf das Radioprogramm? Heute schimpft man auf das Fernsehprogramm, ebenso reflexartig, ebenso ungerecht.

Wer immer sich darüber beschwert, daß nur die sogenannten Privilegierten Zugang zur Bildung und zur Kunst haben, der besitzt keinen Radioapparat. Durch den Radioapparat bekommt er, frei Haus, Vorträge und Kurse, Literatur und Musik, weit über das Existenzminimum hinaus. Er kann im Radio alles lernen, was gelernt werden kann, er kann via Radio alles in sich aufnehmen, was das Abendland zu bieten hat, mit der einzigen Ausnahme der bildenden Kunst.

Ich danke meinem Radioapparat unschätzbare Erlebnisse und Bereicherungen, die mir Konzerte und Opern, selbst wenn ich sie häufig besuchte, die mir auch aufwendige Schallplatten nicht bieten könnten: zum Beispiel die Kenntnis der für mich hochinteressanten Eins-b- und Zwei-a-Komponisten Franz Schreker, Franz

Schmidt, Alexander von Zemlinsky, Frank Martin zum Beispiel, ich weiß dank meinem Radiohören, wer Saint-Saëns und wer Bizet und wer Gounod jenseits seiner „Margarethe“ und wer Berlioz gewesen ist, ich kenne den unbekannten Bellini und Donizetti und den Instru-mentalkomponisten Rossini; auch Trios, Klavierquartette, Quintette und alle Kammermusik, die in den Konzertprogrammen leider kaum auftaucht. Ich erneuere auch meine Kenntnisse des Bekannten, ich ermesse einigermaßen authentisch Glanz oder Nichtglanz von Solisten und Dirigenten.

Und dabei habe ich alles Politische und alles Zeitgeschichtliche noch nicht erwähnt. Ich lese Zeitungen und Zeitschriften, selbstverständlich; aber wenn ich sie eine Zeitlang nicht lesen und nur Radio hören kann, bin ich doch durchaus in alle Aktualität einbezogen.

Das Radio ist, seit man fernsieht, in einer merkwürdigen Zwischenposition, gleichsam nur halb offiziell.

Und wenn, natürlich, auch immer wieder Ärger sich einstellt, genießt der Hörfunk meine aufrichtige und bedeutende Sympathie, die von jener Art ist, wie man sie vernachlässigten Frauen oder Stiefkindern zuteil werden läßt.

Große Mücken, kleine Elefanten

WIE WIRD DAS WETTER?

Die Wettervorhersage ist ein Lieblingsobjekt der Kabarettisten. In Wien gab es einst einen Chefmeteorologen namens Falb, und man sang spöttisch:

> Einen Frosch möcht ich haben,
> Der das Wetter sagen kann,
> Denn der Herr Professor Falb
> Kann die Sache doch nur halb.

Das war um 1910. Seither sind die Frösche rar geworden und die Wetterprognosen auch nicht verläßlicher.

Ich war einst an Fernsehaufnahmen beteiligt, die zum Teil im Freien stattzufinden hatten. Das Wetter schien unsicher. Die Fernsehleute haben naturgemäß die besten und intensivsten Beziehungen zu den lokalen Meteorologen. Der Regisseur ließ die Zentralanstalt für Meteorologie befragen: Wir hätten morgen einige Außenaufnahmen, aber wir könnten sie auf den heutigen Nachmittag vorverlegen – was raten Sie uns? – Alles, was außen ist, möglichst schnell drehen – morgen ist mit Schlechtwetter zu rechnen.

Hastig disponierte man um. Das Wetter war, wie gesagt, an diesem Tag unsicher, am nächsten Tag aber war es strahlend schön.

Dieses Erlebnis ist so banal, daß ich Hemmungen habe, es wiederzugeben. Aber auch alte Witze können gute Witze sein.

Während ich an dem Manuskript dieses Buches arbeitete, besuchte ich ein sommerliches Fest. Für achtzehn Uhr war eine Opernaufführung vorgesehen, für zwanzig Uhr ein Ballett, beides unter freiem

Himmel, anschließend, circa zwanzig Uhr dreißig, ein Feuerwerk.

Die Veranstalter waren in ständiger Verbindung mit den lokalen Meteorologen. Und das war ihr Verderben.

Als von der Oper nur noch etwa achtzehn Minuten zu absolvieren waren, meinte die Wetterwarte, man werde Glück haben, wenn man die Oper trockenen Fußes zu Ende bringe. Ein schweres Gewitter nähere sich.

Die Oper war zu Ende. Die Wetterwarte blieb bei dem unmittelbar bevorstehenden Gewitter.

Die Veranstalter sagten das Ballett ab und begannen eilig mit dem Feuerwerk.

Rabiate Besucher fühlten sich um das Ballett geprellt und äußerten wüste Beschimpfungen gegen die Veranstalter, also an die unrichtige Adresse. Den Meteorologen hätten sie wegen der Absage des Balletts mit Tätlichkeiten drohen sollen. Denn es fiel an diesem Abend kein Tropfen.

Ich mache mir den Spaß, die Wettervorhersage für morgen gelegentlich bis morgen im Gedächtnis zu behalten. Ich will nicht sagen, in wie vielen Prozenten der Fälle sie unrichtig war. Gegen Prozente bin ich allergisch. Ich sage: oft. Das ist exakter.

Der Wind kann bekanntlich nicht lesen. Könnte er's, er würde sich kranklachen angesichts der Stärken und Richtungen, die da prophezeit werden. …

Für die Frage nach dem morgigen Wetter ist die Kartenaufschlägerin kaum weniger kompetent als die Meteorologie. Und das ist auch gut so. Der Jüngste Tag wird jener sein, für den die Wissenschaft das Wetter genau vorauszusehen imstande sein wird.

Der exakte Schwindel

DIE WETTERHEXE

Ich bin so furchtbar abhängig vom Wetter,
ich bin das reinste Barometer.
Ich spür es, wenn's kalt wird,
solang es noch warm ist,
da bin ich allergisch,
da sinkt gleich mein Blutdruck,
da ist mir so schlecht,
da kann ich nichts machen,
als liegen und stöhnen.
Ich spür es, wenn's warm wird,
solang es noch kalt ist,
da bin ich allergisch,
da steigt gleich mein Blutdruck,
da ist mir so schlecht.
Ich spür auch, wenn's feucht wird,
solang es noch trocken ist,
da bin ich allergisch,
da hab ich so Kopfweh,
da ist mir so schlecht.
Ich spür auch, bevor Hochdruck kommt,
solange noch Tiefdruck ist,
da hab ich so Herzklopfen,
da ist mir so schlecht.
Ich spür auch, bevor Tiefdruck kommt,
solange noch Hochdruck ist,
da bin ich allergisch,
da hab ich so Halsweh,
da ist mir so schlecht.
Und weil immer entweder Hoch- oder Tiefdruck ist
und entweder feucht oder trocken ist
und entweder kalt oder warm ist,

muß ich ununterbrochen liegen und stöhnen.
Ich lieg und ich stöhne
von null Uhr bis vierundzwanzig Uhr,
ich lieg und ich stöhne
von Montag bis Sonntag,
ich lieg und ich stöhne
von Neujahr bis Silvester –
aber sonst bin ich g'sund.

Chanson für Elfriede Ott; ungedruckt

DAS ELEKTRONISCHE ZEITALTER

„Diese Vorrichtung war in alten Zeiten weit verbreitet", sagte der Antiquitätenhändler. „Man nannte sie Computer."

„Wie?" fragte der Sammler.

„Computer", sagte der Antiquitätenhändler. „Ein merkwürdiges Wort. Dürfte aus dem Altamerikanischen kommen."

„Und wozu war ein Computer gut?"

„Das ist schwer zu verstehen und noch schwerer zu erklären. Eine solche Maschine hat die Arbeit von Dutzenden, vielleicht von Hunderten Menschen geleistet."

„Warum?"

„Das ist eben für unsereinen kaum zu begreifen. Denn die Maschine hat ihnen nicht schwere körperliche Arbeit abgenommen oder erleichtert. Sie scheint dazu dagewesen zu sein, um Menschen zu sparen."

„Waren die Menschen denn damals rar?"

„Eben nicht. Die Menschheit hat sich damals sogar explosionsartig vermehrt. Die Arbeitslosigkeit ist bedenklich angestiegen."

„Und trotzdem haben sie eine Maschine besorgen lassen, wozu sie Menschen hätten verwenden können? Sie haben Maschinen gebaut, damit viele Menschen ihre Arbeit verlieren?"

„Und diese Arbeitslosen mußten sie noch dazu finanziell unterstützen, sagt man."

„War ein Computer preiswert?"

„Nein, eine höchst kostspielige Anschaffung."

„Und was hat er getan?"

„Der Fachausdruck war: er hat Daten verarbeitet."

„Also ein Kalender. Dafür scheint er aber sehr groß zu sein."

„Er hat zum Beispiel Löhne und Gehälter ausgerechnet, Steuern vorgeschrieben, Schuldner gemahnt."

„War er denn allwissend?"

„Nein."

„Woher hat er die Unterlagen gehabt?"

„Die hat man ihm eingegeben."

„War das einfach?"

„Nein, dazu war eine komplizierte Spezialausbildung nötig."

„Also große Kosten für die Anschaffung, große Kosten für die Bedienung, große Kosten für die Unterstützung der durch die Maschine arbeitslos gewordenen Menschen ... Sie scheinen historisch gebildet zu sein: Wie hat man dieses irrsinnige Zeitalter genannt?"

„Das elektronische Zeitalter."

„Ach ja, jetzt erinnere ich mich. Das hab' ich in der Schule gelernt. Wie lange hat dieses Zeitalter gedauert?"

„Ungefähr hundert Jahre. Bis zum großen Computersturm von Genf irgendwann im einundzwanzigsten Jahrhundert."

„Ungefähr hundert Jahre – das ist nicht lang."
„Nicht für uns. Aber für die armen Menschen, die damals gelebt haben, muß es verdammt lang gewesen sein."

Ad Absurdum

IN-ZUCHT

Ich bin in.

Meine Lieblingsfarbe ist Indigo. Mein Lieblingsort ist Interlaken. Ich würze alle Speisen mit Ingwer.

Ich bin in bis in mein Innerstes.

Ich bin Ingenieur und arbeite in der Industrie. Ich bin intim mit Intendanten und Internisten. Ich habe viele Interessen. Ich sammle Inkunabeln und Bücher aus dem Inselverlag. Ich spiele einige Instrumente und intoniere gern Inventionen. Mein Lieblingsmaler ist Ingres.

Meine Frau Ingrid liebt mich innig. Mein Sohn Ingo ist intellektuell, meine Tochter Inge ist intelligent.

Ingo ist in einem Internat und spielt gern Indianer. Seine Verlobte heißt Ines.

Inge ist in einem Institut und sammelt Insekten. Ihr Verlobter heißt Innocenz.

Ingrid bekommt täglich Infusionen und intravenöse Injektionen. Zwischendurch inhaliert sie. Denn sie leidet an Influenza.

Ich bin innerlich und introvertiert.

Ich gehe und fahre nie direkt, sondern stets indirekt.

Ich bin nie tolerant, sondern stets intolerant.

Ich bin nie konsequent, sondern stets inkonsequent.

Ich habe nur eine Angst: daß ich infantil sein könnte.

Ad Absurdum

GLANZ UND ELEND DES JOURNALISMUS

Der beste Journalist:

... der, wenn er als erster merkt, daß die Oper brennt, zuerst die Redaktion, dann erst die Feuerwehr verständigt.

... der einen Lebensmüden auf dem Balkon eines Hauses erst photographiert und dann zu retten versucht ...

... nicht jener, welcher den besten Bericht schreibt, sondern jener, welcher seinen Bericht als erster abliefert ...

Der schlechteste Journalist:

... der beim Begräbnis eines Mannes, dessen Tod ihm sehr nahegeht, weint, statt zu stenographieren ...

... der von heimlichen Friedensgesprächen erfährt und die Meldung unterdrückt, weil ihr Erscheinen den Friedensschluß gefährden könnte.

Ad Absurdum

UMSCHREIBUNGEN

Pas de deux:	Negation der Zweisamkeit.
Balletteleven:	elfköpfige Tanzgruppe.
Prothese:	befürwortende Lehrmeinung.
Barbier:	in einem Nachtlokal konsumiertes alkoholisches Getränk.
Bordelle:	altertümliches Längenmaß auf einem Schiff.
Extrakt:	ehemaliger Teil eines Gebäudes.
Kaplan:	Improvisation.

Antilope:	Gegner eines spanischen Dramatikers.
Posteinwurf:	Schleudern eines harten Gegenstandes an einem oberitalienischen Fluß.
Arrest:	Überbleibsel eines Flächenmaßes.
Störsender:	jemand, der eine Fischart in Bewegung setzt.
Vielfalt:	große Anzahl von Runzeln.
Mastbaum:	Holzgewächs im Dienst übermäßiger Ernährung.
Urmensch:	Kreuzung eines Zweibeiners mit einem ausgestorbenen Tier.

Ad Absurdum

SPEZIALISTEN

Ich hatte Magenschmerzen.

Mein Internist war in den Ferien.

Ich dachte, daß ja jeder Arzt Doktor der gesamten Heilkunde, also auch für Magenschmerzen zuständig sei.

Ich ging zum Dermatologen. Dieser verschrieb mir eine Gesichtssalbe.

Ich hatte immer noch Magenschmerzen.

Ich ging zum Neurologen. Dieser bestrahlte meinen Nacken.

Ich hatte immer noch Magenschmerzen.

Ich ging zum Psychiater. Dieser fragte mich, ob ich gut schlafe; als ich bejahte, fand er es höchst bedenklich und verschrieb mir ein Beruhigungsmittel.

Ich hatte stärkere Magenschmerzen.

Ich ging zum Psychoanalytiker. Dieser fragte mich, was in meinen ersten Lebensmonaten zwischen meiner Amme und mir vorgefallen sei.

Meine Magenschmerzen wurden ärger.

Ich ging zum Individualpsychologen. Dieser fragte mich, was in meinen ersten Lebensjahren zwischen meinen Geschwistern und mir vorgefallen sei.

Meine Magenschmerzen blieben ärger.

Ich ging zu einem Jung-Schüler. Dieser erzählte mir hochinteressante Dinge über Isis und Osiris.

Meine Magenschmerzen verstärkten sich weiter.

Ich ging zu einem Laryngologen. Dieser stieß mir mit einer Sonde durch die Nase in die Kieferhöhle.

Meine Magenschmerzen wurden nicht besser.

Ich ging zu einem Orthopäden. Dieser gab mir Einlagen für meine Schuhe.

Ich ging zu einem Gynäkologen. Die Einlagen schmerzten höllisch. Als ich das Haus des Gynäkologen betrat, merkte ich, daß meine Magenschmerzen aufgehört hatten. Ich kehrte um.

Inzwischen ist mein Internist von den Ferien zurückgekehrt. Ich werde ihn wegen meiner Fußschmerzen konsultieren.

Ad Absurdum

Das Blödeln ist ein nicht zu unterschätzender Faktor geistiger und seelischer Übereinstimmung.
Wie es Sammler gibt, die in der ganzen Welt ihre Schätze tauschen und ergänzen, so gibt es (oder gab es?) die Super-Blödler, die ihre Fäden über weite Entfernungen ziehen. Da werden Limericks versendet, Schüttelreime gedichtet, man übertrifft sich gegenseitig an Einfällen, neuen Strukturen und kunstvollen Wendungen. Das war eine Welt, die für Hans hohe intellektuelle Bedeutung hatte. Hier wurden Briefe gestempelt von Vereinen zur Abwehr der Überschätzung von … Formen höchster Blödeleien, die nur von Eingeweihten höchster Stufen verstanden und übertroffen werden konnten: Parodien, Gedichte im Stil von …
Hans hatte auserwählte Blödel-Partner. Einer von ihnen war Primarius Prof. Dr. Willy Holzabek, ein anderer einer der Organisatoren der Salzburger Festspiele; die Ur-Blödel-Zeit war die Zeit, in der ich Hans noch nicht kannte. Bei „Blödeln für Anfänger" war ich schon auf der Welt. Es sollte ein grundlegendes Werk seines Schaffens werden. Bei diesen intellektuellen Spielformen kann das Wort blöd nur von „besonders g'scheit" kommen. Vor allem gehört ungeheures Training dazu.
Unser Hin- und Zurückblödeln war bereits auf der Stufe des Nicht-mehr-ganz-Aussprechens, des Ansprechens, des Kapierens von Kaum-Ausgesprochenem. Aber die hohe Stufe hab ich natürlich nie erreicht.
Während ich diese Erinnerungszeilen schreibe, kommt mir zum Bewußtsein, daß diese Wissenschaft etwas aus der Mode gekommen ist. Vielleicht liegt es daran, daß die Autoren sich gegenseitig nicht mehr so viele Briefe schreiben, aber durch das Faxen könnte diese Kunst wieder aufleben.

Das Blödeln wäre eine große geistige Bereicherung für so viele totale Humorlosigkeit, die sich ausbreitet und alles einfrieren läßt, was ihr begegnet.

VOM BLÖDELN

Das Blödeln ist eine Geisteshaltung, eine Weltanschauung, ist angewandte Satire. Man blödelt, indem man eine Methode, einen Jargon persifliert, man blödelt, indem man so tut als ob. Blödelnd wurde einmal ein ganzes philosophisches System, das metatheoretische System entwickelt, das auf der Lehre von der Werthäufigkeit basiert, blödelnd wurde die schöngeistige Schwafelei abgewertet, indem man ihr die neue Richtung des „Nihitschismus" mit allen ihren Einzelheiten entgegensetzte.

Man kann blödelnd alle Großen dieser Erde, welche keine wirklich Großen sind, also sehr viele, vernichten, man kann blödelnd Glanz und Elend des Wortes, Sinn und Unsinn der Phrase, des Gemeinplatzes, entlarven. Man kann blödelnd die Zeit aufheben, große, auch gespenstische Erkenntnisse auslösen. Man kann die Stadt durchstreifen und Firmenschilder nach kunsthistorischen Gesichtspunkten werten, man kann jede Tapete, jedes kommune Tischtuch als abstrakte Komposition analysieren, man kann dabei die Fachsprache der Kunsthistoriker wie die Scheußlichkeiten des neuzeitlichen Kunsthandwerks ad absurdum führen, man kann über Fußball reden wie über Literatur und über Literatur wie über Fußball und kann dabei die geschraubten Sportjournalisten wie die snobistischen, verstiegenen Kritiker abwerten, man kann Speisekarten psychoanalysieren und an Oberkellner die Maßstäbe anlegen, die man an Dirigenten anlegt, und kann dadurch die Oberkellnerhaftigkeit der Dirigenten bloßlegen und die Schmackhaftigkeit der Psychoanalyse, man kann ... man kann ...

... mein Gott, was kann man nicht alles, wenn man sich dem Blödeln verschrieben hat!

Man kann seine Traurigkeit in Scherzhaftigkeit auflösen, man kann seinem Geist beschwingte Gegenwärtigkeit verleihen, man kann aus der Sprache heraus Philosophie, Logik, Psychologie und beinah auch Theologie betreiben, man kann alles, wenn man dem nichteingetragenen Verein der Blödler zugehört; nur eines kann man nicht: den Nichtmitgliedern des Vereins begreiflich machen, worin Blödeln besteht. Man kann kein Buch über das Blödeln schreiben.

Blödeln für Anfänger

6.
... unter Aussparung des Allzu-Privaten

Hans war ein Mensch des Freiseins. Nie an etwas gebunden – vor nichts Angst. Er war der einzige Mensch, den ich je kennengelernt habe, der ohne Rücksichtnahme auf Gegenreaktion ausgesprochen hat, was er denkt, was er für richtig oder falsch hielt. Irgendwie in Nachfolge von Karl Kraus, der ja sehr bestimmend für ihn war. Sein Buch über Karl Kraus ist eines der wichtigsten in seinen gesamten Schriften. Er wollte in seiner Person auch immer das sein, was er selbst zu bestimmen hatte. Er hat für sich bestimmt, Österreicher zu sein und nicht von anderen einer Menschengruppe zugeordnet zu werden. Hans war jüdischer Abstammung. Das war er mit seiner Persönlichkeit und seiner Seele. Ich weiß es aus endlosen Gesprächen. Unsere Meinungsverschiedenheiten entstanden immer nur aus meinem Vorwurf, daß er so oft Endresultate hinschrieb, ohne die Entwicklung dahin genau zu beschreiben. Das führte oft zu schweren Zerwürfnissen auch mit Freunden, von denen ich wußte, daß es im Grund der Gleichklang im Denken war und der von ihm dargelegte Endpunkt zu schweren Mißverständnissen führte. Hans war der humanste Mensch und hat über das Leiden anderer getrauert und gelitten.

EIN BISSCHEN BIOGRAPHIE

Ich bin 1908 als Sohn von völlig liberalen Eltern, die aber der mosaischen Religionsgemeinschaft angehörten, geboren und besitze einen von der Wiener Israelitischen Kultusgemeinde ausgestellten Geburtsschein. Eine gewisse Solidarität mit den Angenehmen in meiner Verwandtschaft, den Freunden meiner Eltern war naturgegeben. Ich hatte sogar, wie vermutlich viele Kinder oder Jugendliche, eine Zeitlang die religiöse Anfälligkeit. Ich habe das Lesen hebräischer Texte gelernt, aber nicht die Sprache. Der Religionsunterricht in der Volksschule war annehmbar, in den acht Gymnasialjahren eher schrecklich. Wir waren (Akademisches Gymnasium, Wien I) eine überwiegend „jüdische" Klasse. Es gab aber keinerlei diesbezügliche Spannungen. Unser Religionsprofessor wurde „der Rebbe" genannt, die Professoren der anderen Religionsgemeinschaften: der katholische Rebbe und der protestantische Rebbe. Der unsrige war rührend beflissen und modern. Er wollte mit uns Stefan Zweig und anderes lesen; aber wir waren eine so gottverflucht disziplinlose Bande, daß er es mehr als schwer mit uns hatte. Einmal, wir hatten ein Klassenzimmer zu ebener Erde, sprangen einige durch das Fenster auf die Straße, nahmen ein Taxi und spielten bei einer Johann-Strauß-Feier im Realgymnasium Kundmanngasse mit. Er hieß Béla Diamant, Gott sei seiner armen Seele gnädig; wenn wir etwas Furchtbares unternahmen, sagte er nur: „Burschen, wenn das jemand bemerkt ..."

Probleme des christlich-jüdischen Gegensatzes gab es weder in der Volksschule (1914–18) noch im Gymnasium (1918–26).

Während meiner frommen Periode besuchte ich oft die Synagoge und war dort eher abgestoßen von den anderen Jugendlichen.

Zum ersten Mal war ich bei einer Totenfeier anwesend, als der Bruder eines Kollegen mit zwei anderen tödlich in den Bergen abgestürzt war. Die Familie meines Kollegen scheint wohlhabender gewesen zu sein, denn sein Sarg war schöner und der Rabbiner gedachte seiner in der Totenrede viel ausführlicher.

Gestatten Sie mir, lieber Freund, die Einfügung zweier „jüdischer Witze", die zum Gegenstand gehören.

Ein Schnorrer kommt an einem hohen Feiertag zum Tor einer Synagoge und sagt dem Tempeldiener: „Nur ein' Moment lassen S' mich hinein, ich muß dem Herrn Kohn etwas Wichtiges sagen!" Der Tempeldiener mißt ihn verachtungsvoll und sagt: „Etwas Wichtiges sagen? – Sie Ganeff, Sie woll'n beten." –

Ein Angehöriger kommt zum Rabbiner, um mit ihm die Details der Totenfeier zu besprechen. Nachdem er die biographischen Einzelheiten über den Toten mitgeteilt hat, fragt er nach dem Preis der Totenrede.

„Also da hätt ich eine Rede, die ist sehr ergreifend, da wein ich, da weinen die Angehörigen, da weint der Chor, da weint die ganze Gemeinde. Die kostet fünfhundert Gulden."

Da der Angehörige skeptisch wirkt: „Dann gibt's eine, da wein ich, da weinen die Angehörigen, im Chor und in der Gemeinde weinen nur einige. Dreihundertfünfzig Gulden. – Auch zu teuer?"

„Dann hätt ich noch eine Rede, da bin ich sehr gerührt, die Gemeinde und der Chor machen ernste Gesichter, unter den Angehörigen weinen einige – zweihundert Gulden."

„Ist das Ihr letztes Angebot?" fragt der Angehörige.

„Nein, dann gibt's noch eine, die kostet hundert Gulden, aber die möcht ich selbst nicht empfehlen. Die hat einen leicht humoristischen Beigeschmack."

Mit der Zeit wurde mir auch bewußt, daß man, um den Gottesdiensten an den hohen Feiertagen beizuwohnen, Eintrittskarten kaufen und hoch bezahlen mußte.

Dies stieß mich ab, und meine sehr vernünftigen Eltern sagten nur: „Du kannst machen, was du willst, nur nicht, solange der Großvater lebt." Das sah ich ein. Mein Großvater war sehr liebenswert. Daß er fast ein Gelehrter war, habe ich erst vor ganz kurzer Zeit von einer Cousine erfahren.

Es gab eine Wochenschrift, ich glaube, sie hieß „Bloch'sche Wochenschrift". In ihr wurden alle aus der Religionsgemeinschaft Ausgetretenen angeführt. Das sollte meinem Großvater nicht angetan werden.

Im Winter 1931/32 ist er gestorben. An meinem Geburtstag, im Mai 1932, ging ich zum Magistratischen Bezirksamt, Wien IV, und ließ den Austritt aus der Religionsgemeinschaft auf der Rückseite meines Geburtsscheins vermerken. So einfach ist das. Und es war eine gute Fügung, daß es vor 1933 geschehen konnte, um etwas weniger mißverständlich zu sein. Aber es war mein Leben lang mißverständlich genug.

Es gibt so viele, so herrliche „jüdische" Witze. Seit ich zu diesem Thema gekommen bin, war ich versucht, sie hier zu erzählen, über die kostspieligen Gottesdienste zum Beispiel, über die Leichenreden der Rabbiner. Aber ich glaube, ich sollte sie doch nicht allzu reichlich zitieren. Ich kenne so viele. Ihre Nacherzählung und Klassifizierung und Kommentierung wären Stoff eines jener zahlreichen Bücher, die mir im Kopf herumgehen.

Und das zeigt schon, daß ich in diese Welt gehöre. Man kann aus einer Religionsgemeinschaft austreten. Und ich finde, daß man auch aus einer Welt austreten kann, aber ohne sie zu verleugnen. Die Hugenotten deutscher Nationalität mit französischen Namen. Die irischen Amerikaner. Seit 1948 kann man sich als Jude nicht nur erleben, sondern auch bekennen, denn es gibt den Staat Israel, der allerdings meiner Meinung nach als religiöser Staat eine ebenso undurchdachte historische Fehlkonstruktion ist wie die islamische Republik Iran.

Der Staat Israel hatte meine Sympathien, bedeutende Sympathien, bis er sich, ich zitiere Bruno Kreisky, als „faschistoid" erwies. Und da ich publizistisch den Staat Israel gerühmt hatte, war ich später genötigt, sein neues Gesicht zu kritisieren. War es eines? Was ist denn das für ein Staat, in dem man einen Nichtariernachweis erbringen muß, um einzuwandern?

(In der großen Notzeit um 1946 konnte man als „Jude" Pakete einer Wohltätigkeitsaktion beanspruchen. Das wollte ich nicht. Meine Freunde sagten: „Geh doch hin! Du kannst die Sachen ja dann uns schenken!" Ich wollte und will nämlich keine wie immer gearteten Privilegien in diesem Zusammenhang.

Also ging ich in das betreffende Büro, Wien I, Schottenring, es hatte, glaube ich, den deplazierten alpenländischen Namen HIAS; ich hatte meine Dokumente mitgenommen, meinen Geburtsschein und den israelitischen Trauschein meiner Eltern. „Das genügt nicht!" sagte der Beamte, „Ihre Mutter könnte ja vor der Eheschließung eine Nichtjüdin gewesen sein."

Noch heute wundere ich mich darüber, daß die betreffenden Räume dieses Hauses am Schottenring unzerstört davongekommen sind.)

Meine Sympathien für den Staat Israel, solange sie bestanden, waren etwa vergleichbar mit meinen Sympathien für Finnland, als es von der Sowjetunion überfallen wurde, für Tibet, als es von der Volksrepublik China überfallen wurde – allgemeine humanistische Sympathien, nicht in eigener Sache.

Natürlich gibt es auch großartige Staatsbürger des Staates Israel. Einige sind mit mir verwandt; auch einige Bürger der Tschechoslowakei, die mit mir verwandt sind, sind großartig ...

... und auch sehr, sehr viele Deutsche vor und nach 1933 bis heute.

Ich kann Richard Wagner weiß Gott nicht leiden, aber in Tel Aviv würde ich auf die Barrikaden gehen, auf daß er gespielt werden darf. Sich über Bücherverbrennungen ereifern und einen Dichterkomponisten ächten: Wo ist da der Unterschied? ...

Man kann nicht ruhig darüber reden

DIE ELTERN

Ich glaube, mein lieber Freund, daß Sie Anspruch darauf haben, ein bisserl was über meine Eltern zu erfahren. Ich habe es immer vermieden, Memoiren zu schreiben. Ich wollte lieber als über mich über Nestroy, Raimund, Schubert, Stifter, Karl Kraus schreiben und hab das auch versucht. Aber diesmal bin ja nicht ich das Thema, sondern ein bestimmter Aspekt meines Schicksals, und dazu gehört eben auch das Milieu, aus dem ich komme.

Anders als bei Peter Henisch, Jutta Schutting und anderen Kolleginnen und Kollegen ist mir aber meine Mutter bedeutsamer als mein Vater, und daß dem so ist, kommt auch von dem, was uns der Erste Weltkrieg angetan hat.

Mein Vater mußte uns am 1. August 1914 verlassen und ist erst nach sechs Jahren wiedergekommen. Das bedingte eine klassische Ödipus-Situation; und daß diese nicht zum Blühen kam, ist nicht das geringste Verdienst meiner Mutter, die immer besorgt war, mich zu Kontakten außer Haus anzuregen, ich ging in eine „Turnschule", das gab's damals, in eine Tanzschule, ich ging auf den Eislaufplatz. Dabei waren wir durchaus nicht großbürgerlich wohlhabend, es muß ein Kunststück für meine Mutter gewesen sein, das alles zu ermöglichen.

Sie hatte sonst nichts erlernt, sprach nur perfekt französisch. Mein Großvater mütterlicherseits war längst nicht mehr am Leben, meine Großmutter, eine Persönlichkeit, durchaus nicht musisch, aber witzig, war 1916 gestorben. Sie hatte fünf Kinder, alle mehr oder weniger musisch, zumindest als Dilettanten. Der älteste, Hugo, spielte hervorragend Klavier, mußte aber das väterliche Geschäft, ein Versandhaus, führen, der jüngste, Theo, spielte gut Geige und arbeitete bei der Film-Firma „Projectograph", prophezeite der Gattung eine große Zukunft, was man nicht ernst nahm. Beide sind im Krieg gefallen.

Meine Mutter hatte, ohne im geringsten darauf vorbereitet zu sein, „das Geschäft" zu übernehmen.

Ich fürchte, daß ich ins Plaudern gerate; ich konzentriere mich auf weniges Wesentliche.

Woher meine Mutter die Kraft und die Organisationsgabe und die Verständigkeit hernahm, weiß ich nicht. Sie war pädagogisch nicht nur perfekt, sondern modern. Sie erzog mich zur Selbständigkeit. Ich durfte, wenn ich wollte, auch im Winter „Sockerln" tragen. Und als ich in die Volksschule gehen sollte, wollte sie nicht, daß es für mich ein Klassenzimmer gebe, in dem auch die Mäntel der Kinder aufgehängt waren. So kam ich in die „Freie Schule", und die (in der Albertgasse) war abnorm weit entfernt von unserer Wohnung (Franzensgasse/Ecke Schönbrunner Straße). Aber sie war auch jenseits der separaten Garderoben wichtig. Denn diese Schule wurde von einem Schulreform-Verein der Sozialdemokratischen Partei betrieben und nahm die spätere Schulreform der Stadt Wien vorweg. Es gab dort vor allem eine Institution, die zu meinem Thema gehört. In unserer Religionsstunde saß eine Lehrkraft der anderen Konfession in der letzten Bank, las oder korrigierte Hefte, war nur symbolisch, aber immerhin anwesend.

Einmal im Herbst sah ich im Volksgarten einen merkwürdig aussehenden Herrn. Auf dem Heimweg erfuhr ich, dies sei der Peter Altenberg gewesen. Und da er im Januar 1919 gestorben ist und ich damals schon wußte, wer Peter Altenberg war, muß ich von meiner Mutter darüber informiert worden sein.

Ich durfte lesen, was ich wollte. Wenn ich vorher fragte, ob meine Mutter es für richtig hielt, war es erwünscht, aber es mußte nicht sein.

Meine Mutter führte mich nicht ins Theater. Der erste Theaterbesuch sollte gemeinsam mit meinem Vater stattfinden. So sind mir die Kinder-Vorstellungen und ist mir „Hänsel und Gretel" erspart geblieben. Als ich dann mit zwölf oder dreizehn („Nathan der Weise") das Burgtheater betrat, fand ich es „so klein". Aber ins Konzert wurde ich früher geführt; und ein Streich-Sextett von Brahms und das Forellen-Quintett (das Rosé-Quartett und Alfred Grünfeld) prägten mich fürs Leben. Musik hat für mich Vorrang vor dem Theater und der Literatur.

Als dann mein Vater wieder da war, war's zu spät. Er bemühte sich um mich; aber es konnte nie eine ganz gute Beziehung werden, obwohl er und meine Mutter alles dazu taten. Er war gütig, liebevoll, mit seiner Unterrealschule und Handelsakademie und dann gleich kaufmännischer Tätigkeit erstaunlich gebildet und ambitioniert, sprach Französisch und Englisch, war dann viel später sehr stolz auf mich, obwohl er meine eigentliche Karriere nicht mehr erlebt hat. Er ist in New York gestorben, wohin beide emigrierten. Nach seinem Tod kam meine Mutter nach Wien zurück.

Mein Vater war ernst und schwerblütig, meine Mutter überaus witzig. Wer sie kennenlernte, sah erst sie, dann mich an und sagte: Aha!

Wir waren durchaus assimiliert, aber der Freundeskreis meiner Eltern war doch vorwiegend, fast ausschließlich, „jüdisch". Allerdings hatte mein dritter Onkel, Ingenieur, in der Schweiz eine Dortige geheiratet und nach Wien mitgebracht.

Wir feierten natürlich Weihnachten, wie sich's gehört. Und als einmal mein relativ orthodoxer Großvater uns besuchen kam, waren wir in Verlegenheit. Da meinte er, wir sollten auf ihn keine Rücksicht nehmen, und als dann die Kerzen angezündet worden waren und alles auf gut weihnachtlich abgelaufen war, sagte er: „Sehr schön war's!"

Man kann nicht ruhig darüber reden

GEBURTSTAGSGRUSS AN CHAPLIN

Verehrter Mr. Chaplin,

verzeihen Sie, daß ich ganz persönlich werde, ehe ich mit der Gratulation beginne.

Ich bin in politischer Hinsicht sehr rigoros, extrem und kategorisch. Ich glaube, den Feind der heutigen Menschheit zu kennen, und kämpfe gegen jeden, der sich zu ihm bekennt oder mit ihm paktiert. Ich habe Thomas Mann und Bertolt Brecht das politische Liebäugeln mit dem Osten nie verziehen – beide waren große Dichter, ich weiß es und bewundere die Prosa von Mann und die Lyrik von Brecht.

Es gibt nur zwei Zeitgenossen, die so groß sind, daß ich sie nicht nur bewundere, sondern nach nichts anderem als nach ihrer Größe frage; sie stehen für mich jenseits von Rot und Böse: Chaplin und Picasso.

Ich würde Schumann und Rossini nicht verzeihen; aber Schubert und Verdi, was immer sie politisch gesagt oder getan hätten, würde ich verehrungsvoll zum Geburtstag gratulieren, wenn sie meine Zeitgenossen wären.

In diesem Sinne:

Es gab im neunzehnten Jahrhundert eine erste künstlerische Persönlichkeit, die auf der ganzen Welt als bekannt vorausgesetzt werden konnte, die als erste das verwirklichte, echt und buchstäblich (und verdientermaßen), was wir „Welterfolg" nennen: Johann Strauß, den Jüngeren.

In unserem Jahrhundert waren und sind Sie es – und ich glaube: nur Sie –, dem das gelungen ist. Über die Moden und die Einjahresfliegen des Ruhms hinaus, im

Bereich höchster, reinster Kunst, in Japan und Südamerika, in Australien und im hohen Norden, und viele Jahrzehnte lang und heute immer noch, sind Sie der ganzen Menschheit ein Begriff. Eine Welt liebt Sie. Dies haben Sie nicht mit billigen Mitteln erreicht, sondern dadurch, daß Sie die billigen Mittel geadelt und vergeistigt haben. Sie sind kein Komiker und kein Clown, sondern ein großer Komödiant, aus dem Stoff, der auch Shakespeare und Molière, Raimund und Nestroy verewigt hat, die auch nur ihr Volk unterhalten wollten. Doch Sie hatten es nicht nötig, wie jene, einer Gegenwart persönlich vorzuspielen und der Nachwelt nur die Anlässe zu hinterlassen; bei Ihnen sind Werk und Wiedergabe in Personalunion verbunden. Sie sind das große Gegenbeispiel gegen sozusagen alles, was die Gattung namens Film auf dem Gewissen hat. Ein Jahrhundert von Filmen ist gerechtfertigt und entsühnt (wenn auch nicht entschuldigt), weil es Sie gibt und weil Sie Ihre Botschaft in dieser Formsprache zu den Menschen getragen haben.

Sie sind weise und poetisch, Sie haben die Gabe der allergrößten Meister, die alles Elend der menschlichen Kreatur sehen, nicht leugnen, nicht fälschen, nicht beschönigen, und doch lächeln können und lächeln machen können.

Wenn ich traurig war und an meiner Zeit verzweifeln wollte, habe ich sehr oft gedacht: Ich lebe in derselben Zeit, in der Charlie Chaplin lebt. Und dann war ich froh und stolz auf meine Zeit.

Niemand weiß, was von einer Epoche versinken und was übrigbleiben wird. Aber ich glaube: man darf prophezeien, daß Sie mit Ihren großen kleinen und großen großen Filmen bis zum herrlichen „Monsieur Verdoux“

mit dabei sein werden, ganz vorne, wenn man dereinst sichten wird, was unser Jahrhundert wahrhaft Großes in der Kunst hervorgebracht hat.

Thank you, Mr. Chaplin!

Ad Absurdum

REDE AN DIE PALÄSTINENSER

Ich hätte gern die Möglichkeit, die Macht und die Kraft, Israelis und Palästinenser an einen Tisch zu bringen und zu den Palästinensern zu sprechen:

Meine Sympathien gehören dem Staat Israel, das muß ich vorausschicken. Und Terror, Flugzeugentführungen, Bombenattentate, Geiselnahmen halte ich für verwerflich.

Ich habe Verständnis für jeden Freiheitskampf, ich akzeptiere auch jede allgemein anerkannte Form des Widerstands, etwa die französische Résistance. Sie ist, wie schmerzlich und tragisch auch immer, eine Form der Auseinandersetzung zwischen Gegnern – der Terror aber bezieht Außenseiter in die Auseinandersetzung ein, er ist im Alltag Nordirlands ebenso verbrecherisch wie bei den spektakulären Aktionen des „Schwarzen September".

Das mußte ich vorausschicken, ehe ich mich an die Palästinenser wende – nicht an die Führer, sondern an das Volk. Obwohl Freund des Staates Israel, verfolge ich das tragische Schicksal des palästinensischen Volkes mit Schmerz und aufrichtiger Anteilnahme.

Und wenn ich mir vergegenwärtige, was alles in den

letzten Jahren über dieses Volk hereingebrochen ist, wird mir plötzlich eine Analogie bewußt.

Das palästinensische Schicksal weist erschütternde Parallelen zum jüdischen Schicksal auf. Die Gleichartigkeit wäre – so möchte ich unkonventionell und riskant folgern – viel eher Anlaß zur Solidarität, zur Verbrüderung als zur Feindschaft, zum Kampf.

Wäre diese Erkenntnis allgemein verbreitet, könnte sie – so phantasiere ich – einen Durchbruch in den derzeit laufenden Verhandlungen bringen.

Juden waren heimatlos, waren Flüchtlinge, niemand wollte sie, niemand nahm sich ihrer an.

Das Ghetto, in das man sie sperrte, unterschied es sich so sehr vom Lager, in das man Palästinenser sperrte?

Die Pogrome, in denen man gegen alles Menschenrecht Juden liquidierte, unterschieden sie sich so sehr von dem Palästinenser-Massaker in Jordanien und im Libanon? Haben die Vereinten Nationen nicht ebenso vor dem Problem Israel wie vor dem palästinensischen Problem kläglich versagt?

Ihr seid genauso arme Hunde, ihr heutigen Palästinenser, wie es die Juden waren, viel, viel länger als ihr, ehe sie sich ihre Existenz in einem eigenen Staat opferreich erkämpften. Ihr solltet nicht gegen sie kämpfen, sondern um ihr Verständnis dafür, daß auch ihr einen eigenen kleinen Staat, eine Heimstatt haben wollt. Ihr werdet, was immer geschieht, ihre Nachbarn sein und bleiben.

Ad Absurdum

Ich glaube, ich muß dem Leser dieser Texte die etwas verwirrende Form der Anrede des folgenden Abschnittes erklären.
Hans Weigel hatte mir die Begegnung mit Ingeborg Bachmann geschildert. Sie brachte ihm ihre ersten Schreibversuche. Es war ein langer Text, der ihm überhaupt nicht gefiel – aber ein einziger Satz war ihm aufgefallen – und zwar so stark, daß er in diesem Satz eine Dichterin vermutete. Dieser Satz war Ansporn zu einem Werk.
Es hatte sich eine Verbindung zwischen diesen beiden Menschen entwickelt, die aber nicht sehr positiv ausgegangen sein muß.
Die „Unvollendete Symphonie", ein Roman aus der Zeit nach dem Krieg, ist in der Ich-Form der Partnerin geschrieben. Also aus der Sicht der Frau, auf seine Person reflektierend.
Wir gingen einmal miteinander zu einer Veranstaltung im Auditorium maximum der Wiener Universität. Vorher sagte er mir, daß ich dort die Bachmann sehen würde. Er spielte sie mir vor. Jede Bewegung, den Tonfall, die Wortwahl, die Satzstellung. – Sie kam in den Saal, begann die Lesung einzuleiten – ich war nicht imstand, dem Inhalt zu folgen, weil das Original alles einlöste, was mir angekündigt war.

KANN MAN RUHIG DARÜBER REDEN?

Man ist in der Schweiz. Im selben Wagen, in dem man von Wien nach Salzburg fahren kann, in dem ich von Salzburg nach Tirol gefahren bin, fahre ich nun von Buchs nach Zürich. Draußen vor den Fenstern ist die Schweiz. Ich bin zum erstenmal im Ausland. ...

Ich bin angespannt und sehr wach. Ich laufe von einem Fenster zum anderen, um nach beiden Seiten zu schauen.

Dann beginnt rechts ein großer freundlicher See, von sanften Hügeln gesäumt. Das ist schon der Zürichsee. ...

Es wird dunkel. Bald sieht man nur Lichter. Und ich werde sehr unruhig, von dir angesteckt, der du dich vergeblich bemühst, deine Nervosität zu verbergen. Wir fahren in einen Bahnhof ein, der sehr groß, hell und merkwürdig still ist. Wir steigen aus, stehen da mit unserem Gepäck, rund um uns sind viele Sprachen, darunter die unheimliche der Schweizer. Auf einmal stürzt eine Gruppe von Menschen auf dich zu, sie umarmen dich und schütteln mir die Hände, sie nehmen die Gepäcksstücke und streiten, wer sie tragen soll, sie reden alle durcheinander auf dich ein, und ich bleibe sehr am Rand. ...

Am ersten Abend, nach einem kurzen Aufatmen vor einem herrlichen Waschtisch in einem unwahrscheinlich angenehmen Hotelzimmer, begeben wir uns in eine Privatwohnung. Wir sind zu sechst, der Aufbruch ist kompliziert und zeitraubend. Was uns selbstverständlich ist, wird hier zum Thema von Gesprächen und Anlaß für Komplikationen und Konfusionen. In der Wohnung wird gegessen, viel zu viel, aber es gibt keine

Möglichkeit, sich des reichlich Angebotenen zu erwehren. Und es wird geredet: Leute, die ich nicht kenne, reden mit dir über viele andere, die ich auch nicht kenne. Mir wird schwindlig. Ich will in ein Zweiergespräch mit einem jungen Mann neben mir flüchten, Edi heißt er und ist, glaube ich, dein Cousin. Er lebt in England und ist zum erstenmal seit fast zehn Jahren wieder auf dem Kontinent. Wie alle anderen mischt er englische Ausdrücke in sein Deutsch. Er bemüht sich, sehr freundlich zu sein. Ich bin ihm dankbar, daß er sich meiner annimmt, weil er wohl spürt, daß die anderen mich vernachlässigen und nur unauffällig kritisch mustern. Ich bin müde und abgespannt und möchte mich gern gehenlassen. Aber sehr bald fühle ich, daß ich jetzt Kraft und Konzentration brauchen würde wie noch nie. Denn dieser Edi – er ist in Wien geboren und ins Gymnasium gegangen – sagt auf einmal, daß er gegen mich persönlich natürlich nichts hat, weil ich durch dich sozusagen legitimiert bin, daß er es aber nicht versteht, wieso du bereit bist, unter Antisemiten zu leben.

Ich sehe ihn fassungslos an.

„Gibt es vielleicht keine Antisemiten in Österreich?"

„Natürlich gibt's Antisemiten", sage ich; „ich kenne sogar einige. Es gibt auch Schwerverbrecher. Aber mit denen verkehrt man doch nicht." ...

Ich müßte jetzt vorsichtig und taktvoll sein. Aber dazu reicht meine Kraft nicht aus. Und ich sage: „Ich habe doch verbotene Bücher gelesen, die ganze Zeit, und verbotene Bilder zu Hause gehabt. Meine Eltern haben Schmuck von jüdischen Freunden aufbewahrt und ihnen im Jahr sechsundvierzig zurückgegeben." Das scheint mir selbst so klein und so kleinlich, aber es gibt für mich keine einleuchtendere Legitimation. „Wir haben London und Moskau gehört. Mein Vater ist mit einigen französischen Arbeitern befreundet gewesen. In den letzten Tagen haben wir sie in unserer Wohnung versteckt."

„Wirklich? Aber finden Sie nicht auch, daß man alle, die unter diesem Regime gelebt haben, bestrafen müßte?"

„Wofür soll man uns bestrafen? Daß wir unser Haus verloren haben? Daß mein Vater kriegsverletzt ist und seinen Beruf nicht mehr ausüben kann? Daß mein älterer Bruder noch heute in Kriegsgefangenschaft ist, wir haben seit drei Jahren von ihm nichts gehört. Und daß mein kleiner Bruder unterernährt und nervös ist und wahrscheinlich fürs Leben geschädigt? Daß wir unsere Bücher verloren haben? Und alles mögliche riskiert haben, weil wir uns vom Regime distanziert haben? Meine Mutter hat mich immer wieder weinend gebeten, wenigstens hie und da zum B. d. M. zu gehen, damit keine Katastrophe passiert. Aber ich bin nie hingegangen."

„Sie waren beim B. d. M. eingeschrieben?"

„Natürlich. Und mein Vater ist bei der Partei gewesen."

Er ist fassungslos. Er versteht uns nicht. Er weiß nicht, wie's gewesen ist. Wie soll ich mich ihm verständlich machen? Soll ich ihm erzählen, wie fast eine ganze Schulklasse dem Zeichenlehrer Opposition gemacht hat, wenn er uns im Stil des Hauses der deutschen Kunst zu erziehen versucht hat? Wie wir uns mit unserer Deutschlehrerin und unserer Geschichtslehrerin gegen die zwei, drei Nazis in unserer Klasse verbündet haben? Soll ich ihm erzählen, daß mein Vater an dem Tag zur Partei gegangen ist, an dem der englische Ministerpräsident sich mit Hitler und Mussolini an einen Tisch gesetzt hat? Denen von uns, die er nicht für Nazis hält, wird er wohl vorwerfen, daß sie Kommunisten sind. Soll ich erzählen, daß viele von ihnen Kommunisten geworden sind, weil sie im Radio die Freundschaftsbeteuerungen eines anderen englischen Ministerpräsidenten für die Sowjetunion gehört haben? Die Ministerpräsidenten haben es einfacher, sich umzustellen, als wir.

Er versteht uns nicht.

Am anderen Ende des Zimmers redest du. Plötzlich stocken die einzelnen Gespräche, und alle hören auf dich.

„Natürlich", sagst du, „natürlich gibt es bei uns auch Schmutz und Korruption. Es gibt Skandale. Da ist nur ein Unterschied. Es gibt nämlich auch anderswo Skandale. Aber anderswo wird niemand es wagen, seinen Staat zu verachten und zu schmähen. Und das ist das Positive bei uns. Wenn jemand sagt ‚echt französisch', ‚echt amerikanisch', ‚englisch', ‚russisch', meint er das positiv. Wenn wir sagen ‚echt österreichisch', ist das die ärgste Beschimpfung. Wir sind die einzige Nation ohne Nationalismus. Im Gegenteil. Wir würden am liebsten an den Landesgrenzen und in den großen Bahnhöfen Transparente anbringen: ‚Hier ist das ärgste Land der Welt!' Wir sehen das Negative, wir sind nicht stolz auf uns, weil wir wissen, daß wir nichts wert sind – und das ist etwas, worauf wir stolz sein könnten. Das ist unser Wertvollstes. Ein Staat, der sich selbst als übel empfindet, ist nicht so übel. Wenn sich der ‚Don Carlos' in Wien abgespielt hätte – Marquis Posa tritt vor den König hin und sagt ihm alles hinein –, dann hätte der Wiener König Philipp nicht mit ihm gestritten, es wäre zu keiner Auseinandersetzung gekommen, zu keinem Konflikt zweier Idealismen, sondern der Wiener Philipp hätte dem Wiener Posa auf seine Tirade geantwortet: ‚Wem sagen Sie das?' und hätte Posas Anklagen aus eigener Anschauung ergänzt."

Sie lachen alle, aber ich weiß nicht, ob sie dich verstehen können, es schwirren wieder unbekannte Namen, ich kann mich ein wenig entspannen. Ich komme mir wie verzaubert vor in dieser Runde, wie in eine andere Zeit und Welt versetzt. Ja, ist es denn wahr, daß sie Fremde, andere sind? ...

Für sie hat vor zehn Jahren alles aufgehört. Ihre Gesichter sind stehen geblieben und ihre Gedanken. Sie können nicht umhin, anders zu sein, denn dieses Anderssein ist ihnen diktiert worden und hat ihr Leben bestimmt. Und ihr Sterben. Sind nicht auch sie gestorben, unter denen ich mich hier befinde, gestorben, ausgestoßen aus dem Kreis ihrer gewohnten Lebendigkeit? Die Toten altern nicht; wohin immer sie kommen mögen, wenn sie vom Leben scheiden, behalten sie ihr Gesicht. Ich bin in einer Versammlung von Gespenstern. Dieses Zwischenreich zwischen Leben und Tod, das man heute so oft literarisch dargestellt findet, wo das Leben schon aufgehört, doch der Tod noch nicht die Herrschaft angetreten hat – hier ist so ein Zwischenreich!

Und nun wird mir erst klar, wie grauenhaft, wie unvorstellbar das ist, was man euch getan hat. Weil es nicht nur Unrecht am einzelnen gewesen ist und nicht Kampf zweier Mächte, sondern ein Feldzug ohne Gegner, in dem der Sieger von Anfang an festgestanden ist. Weil man eine ganze große Zahl von Menschen zu dem gemacht hat, was sie nie gewesen wäre, wenn dieser

Kampf nicht unter einer falschen, erlogenen Voraussetzung begonnen hätte, die sich erst an seinem Ende verwirklicht hat. „Ihr seid anders“, hat man solange fälschlich behauptet, bis ihr wirklich anders gewesen seid. Mögt ihr reich oder arm, unangenehm oder sympathisch gewesen sein, man hat all dies ausgelöscht und euch zu Juden gemacht, zu nichts anderem als Juden. Keiner ist nun in erster Linie der, der er ist, jeder ist zuallererst Jude, wird als Jude gesehen und sieht als Jude. …

Wie kann je Selbstverständlichkeit und Ungezwungenheit in eine Beziehung zwischen uns und euch einziehen? Wie könnt ihr in eine Stadt zurückkehren, die es nicht mehr gibt? Denn alles, was ihr Wien und Österreich nennt, hat die Züge jener Tage behalten, an denen ihr von uns fortgegangen seid. Und ich höre, wie du gerade einen Satz sagst: „Wir haben in Amerika doch schließlich auch …“

Dieses „wir“. Eben hast du „bei uns“ gesagt und Österreich gemeint. Nun sagst du „wir“ und meinst Amerika. Kann ich, können wir ermessen, was das bedeutet?

Unvollendete Symphonie

Im folgenden Abschnitt spielt der Direktor der Universal-Edition, Alfred Schlee, eine wichtige Rolle. Er hat Hans zur Wiederkehr ermutigt und ihm auch eine erste Anstellung verschafft. Wie hab ich mich gefreut, als ich unlängst bei einem Auftritt (es war das Heimkommkonzert mit Gerhard Bronner) im Künstlerzimmer jemanden zu einem alten Herrn rufen hörte: „Guten Abend, Herr Direktor Schlee!“ So durfte ich auch ihn herzlich begrüßen.

Ich frage mich, wie es mit mir weitergegangen wäre, wenn nichts passiert wäre. Ich hatte eine gute Sympathie für alles Deutsche, ehe es sich im Januar 33 pervertierte. Ich war noch im Sommer 32 in Berlin, mich umzusehen, ich Dummkopf war damals noch bereit, nach Berlin zu übersiedeln. Ich war von einem derartigen Optimismus, daß ich etliche Bekannte, die Anfang März Österreich verließen, innerlich beschimpfte und als Verräter ansah. Es ist ein solches Wunder, daß ich die Zeit überlebt und heil überlebt habe, ich verlasse mich gern auf meinen fünfeinhalbten Sinn, doch man kann das auch gottlos-sakrilegisch übertreiben. Ich hatte im Herbst 1937 geheiratet, wir wohnten möbliert, ich war mitten im „Geschäft", ich hatte zum Beispiel ein Stück „Eine Stunde Verspätung", nach einem Szenarium von dem alten Routinier Paul Frank für den Marton-Bühnenvertrieb dialogisiert, es wurde nie gespielt. Ich suchte manchmal den Stammtisch im Café Heinrichshof auf. Ich fand wieder zurück zum Kabarett, wo ich hergekommen war, ich schrieb eine große Szenenfolge „Wiegenlied", die im letzten Programm der „Literatur am Naschmarkt" gespielt wurde. In den letzten Tagen vor dem Einmarsch wimmelte Wien von Menschen, man könnte fast sagen: es brodelte. Seit am 12. Februar der Bundeskanzler Schuschnigg aus Berchtesgaden zurückgekommen war, fühlte man, daß etwas bevorstand, doch rund um mich gab es keine Angst (oder merkte ich sie nicht?). Dieses unselig-gesegnete österreichische: „Es kann dir nix g'schehn!" Man hing am Radio. Es war festgelegt, daß Hitler und Schuschnigg Reden halten sollten, die jeweils in das andere Land übertragen werden würden. Die Hitler-Rede war unerträglich und strotzte von Bruttoregistertonnen. Die Rede Schuschniggs war kultiviert, etwas trocken und entbehrte jeder demokratischen Färbung. Aber wir waren ja schon so ausgedörrt und durch Reaktion abgestumpft. Ich hatte Kontakte mit illegalen Linken, ohne mich an ihrem Wirken zu beteiligen, ich stellte nur meine Wohnung zur Verfügung, wenn meine Eltern nicht in Wien waren (die Elternwohnung in der Margarethenstraße 22). Eine Schuschnigg-Rede wurde angekündigt. Der Kanzler war nach Innsbruck gefahren, rührend, sehr tirolisch. Er hielt dort die tapfere Rede und sagte: „Am Sonntag machen wir Volksabstimmung." Da jubelten und applaudierten die Tiroler, es war wohl der Landtag, und sangen die Landeshymne. Doch die war das Andreas-Hofer-Lied, das von der Exekution des Nationalhelden durch „der Feinde Schar" sang. Aber das merkte ich damals nicht, glaube ich. Ich war glücklich, daß Aktion nun bevorstand, verstand, warum wir vom Staat Kennkarten bekommen hatten. Sie waren die Grundlage für die Volksabstimmung. Diese sollte ja zu Österreich sagen, und sie hätte gewiß mehrheitlich ja gesagt. Doch es schwirrten Gerüchte, daß die Volksabstimmung abgesagt sei, die Menschen auf den Straßen wurden zahlreicher. Ich ging noch ein letztesmal in unser Kabarett im Souterrain des Café Dobner, und als ich, die Vorstellung hatte kurz vorher begonnen, hinkam, hörte ich die Conférence meines Kollegen Harald Peter Gutherz, der von einem österreichischen Kavalier sprach, denn es folgte ein Chanson des Prinzen Eugen, und dann auf einen anderen österreichischen Kavalier dieser Tage anspielte. Er meinte Schuschnigg.

In der Elternwohnung hörte ich auch den Übergang von Österreich nach Deutschland. Die stockend-stammelnde Rede des neuen Bundeskanzlers Seyß-Inquart: Allfällig einrückenden deutschen Truppen ist kein Widerstand zu leisten. Es folgte Musik. Und wie immer im Radio, wenn der Anlaß ein improvisiertes Programm notwendig macht, gab es schöne Musik. Es gab Schubert, es gab Mozart, es gab Beethoven – ganz genau erinnere ich mich nicht, doch ich erinnere mich, daß dann Bruckner kam, und das war für mich ein Übergang, und dann kam Wagner, und dann kam das Horst-Wessel-Lied.

Jetzt muß ich pedantisch werden. Österreicher, die in das Deutsche Reich reisen wollten, brauchten einen Sichtvermerk, der leicht zu bekommen war. Ich hatte mir, weil meine Frau am Bodensee war, im Sommer 37 diesen Sichtvermerk besorgt.

Ich wollte, im März 38, daß meine Frau zunächst nach Zürich fahre, wo wir Freunde hatten. Sie fuhr und schrieb, als sie drüben war, sofort an mich. Ich bestieg die Westbahn und hatte nur einen mittelgroßen Koffer als Gepäck, einen Anzug, etwas Wäsche, ein paar Schuhe und mein Opernglas enthaltend. Ich fuhr über Salzburg nach München, hatte dort Aufenthalt, spazierte in der Stadt, die ich gut kannte. Die politische Realität wirkte ganz anders als die Phantasievorstellung „Drittes Reich". Diese Märztage waren überhaupt von unwahrscheinlicher frühlingshafter Schönheit. München im sonnigen Frühling. Ich fuhr weiter nach Friedrichshafen. Dort übernachtete ich. Am nächsten Tag fuhr ich nach Konstanz und gab dort meinen Koffer in die Gepäckaufbewahrung. Ich kannte die Gegend vom vergangenen Sommer her. Ich hatte die Straße von

Konstanz nach Kreuzlingen (Schweiz) in der Phantasie des Einschlafens immer vor mir gesehen. Ich ging, es war Sonntag, vom Bahnhof Konstanz in Richtung Kreuzlingen, zeigte dort meinen Paß vor. Der Schweizer Beamte wollte ihn nur anschauen. Ich bat ihn um einen Stempel. Dann war ich in der Schweiz und bat den Hotel-Lohndiener, meinen Koffer von der Konstanzer Gepäckaufbewahrung zu holen.

Die kurze Skizze der Abreise war nur ein Intermezzo. In den Tagen nach dem Kriegsende kamen gelegentlich Briefe aus Wien. Darunter einer von Alfred Schlee, in dem stand: „Weigel soll kommen. Wir brauchen ihn."

Für jeden, der zurückkommt, ist es psychologisch wichtig, daß irgend jemand ihm schreibt oder sagt: „Komm!"

Und so stand ich im Herbst 1945 in Wien und hatte die Emotionen, wie sie jeder hat. Alles Vertraute kam mir kleiner vor, als ich es in Erinnerung hatte. Und ich kam in das Musikvereinsgebäude und sah, daß der Große Saal da war wie einst, kaum lädiert. Das Büro der UE im Halbstock war da wie einst, nur die Fenster waren durch große Kartons ersetzt, auf denen Aussichten gemalt waren, was den Räumen ein heiteres Aussehen verlieh.

In seinem Brief hatte Schlee auch geschrieben, daß sie Auszüge von Offenbach-Einaktern haben wollten. Ich hatte mit dem spärlichen Handgepäck der Rückkehr – ein Rucksack und ein kleiner Koffer – auch einige solche Auszüge, die ich in Basel gekauft hatte, mit. Ich brachte sie beim ersten Besuch der UE und gab sie ab. Sie sind wohl noch dort; ich glaube nicht, daß seither etwas damit geschehen ist.

Wie ist's, wenn man zurückkommt? Wenn man zwar

einen Beruf, aber keinen „Job“ verlassen hat? Man kann doch nicht anfangen, Schrift zu stellen, wo man aufgehört hat.

Es gab ein Nachfolge-Kabarett, das sich „Literatur im Moulin Rouge“ nannte (sehr kurzlebig übrigens). Meine ersten Ausgänge waren dorthin und ins Konzerthaus zu einem Mahler-Konzert im Mittleren Saal. Im Kabarett kam ein Herr des Büros während der Pause zu mir, übergab mir Geld, das ich bestätigte. Sie spielten den Sketch „Die kompetente Behörde“ von Weys und mir, ich bekam Tantiemen. Ein gutes Omen. Ich sah dort unten einige aus unserem „Literatur“-Ensemble. Knaflitsch war der Hausmusiker. Wegrostek war beängstigend abgemagert.

Ich fragte nicht nach der Vergangenheit. Ich wußte, daß Rudolf Weys politisch anständig gewesen sein mußte. Ich hatte mich, ehe ich zu der Vorstellung ging, erkundigt, wo er wohnte, und einfach an seiner Wohnungstür geläutet. Er machte selbst auf, da stand ich, und er begrüßte mich sehr wienerisch, indem er, ehe wir einander umarmten, mehrmals ausrief: „Du Trottel!“ Von ihm erfuhr ich einiges über die Zwischenzeit.

Die zweite Tür, an der ich läutete, war der Verlag Marton. Ich wußte, daß Georg Fraser ihn übernommen hatte. Fraser war einmal während des Kriegs in Basel gewesen, ein erfrischender Gruß des besseren Wien.

Doch hier muß ich leider eine spätere Erkenntnis einschieben, die eigentlich in mein Helmut-Qualtinger-Porträt gehört hätte:

Als der Krieg zu Ende war, stürzte Qualtinger sich mit großem Elan in die neue Zeit. Er arbeitete für Frasers Bühnenverlag, er schrieb, er übersetzte, was weiß ich. Er dachte nicht an Geld, er wollte nur dabei sein. Er schrieb auch ein Stück, es war leider nicht gut, „Jugend vor den Schranken". Und als er sich in all seinen neuen Aktivitäten hemmungslos zerspragelt hatte, erfuhr er, daß er dafür bedeutend unterbezahlt worden war. In diesem Augenblick entstand sein anarchischer Nihilismus, sein großer Haß gegen alles Etablierte. War es gut, daß er so wurde? Wer kann das sagen?

Ende des Einschubs.

Ich läutete im Marton-Verlag. Bitte Herrn Fraser. – Er ist leider nicht zu sprechen. – Rufen Sie ihn, sagen Sie, daß der Hans Weigel da ist. – Die Sekretärin ging in Frasers Büro. Ein Schrei.

Weitere Wiedersehensbegegnungen mit einer Trafik neben der Paulanerkirche, mit der Frau Hedl, der Friseurin meiner Mutter, der sie, als sie Wien verließ, zwei Fauteuils der elterlichen Wohnung geschenkt hatte, Baujahr 1903. Ich war in ihnen in der Margarethenstraßenwohnung gesessen, ich sitze heute wieder in ihnen, denn die Frau Hedl hat sie mir wiedergegeben. Sie hat mir jedes Jahr zu Weihnachten Zuckerln geschickt. Ich habe sie viel zu selten angerufen. Als sie gestorben war, kam eine Todesanzeige, viel zu spät, nach der Beerdigung, dazu ein Brief einer Freundin, die Hedl hätte den Trauergästen ersparen wollen, sich bei dem schlechten Wetter auf den Friedhof zu begeben.

Warum sind Sie nach Wien zurückgekommen, Hans Weigel?

Deshalb zum Beispiel.

Ich hatte in meinem Rucksack Manuskripte: Eine Novelle „Das himmlische Leben", einen Roman „Der grüne Stern", die Stücke „Barabbas" und „Angelica".

In der UE waren Hauskonzerte, der Geiger, heute hochangesehener Lehrer, Samohyl, Musik von Hanns Eisler und so. Da lernte ich Leute kennen, auch die legendäre Mutter des Gottfried von Einem.

Ich hatte – und das wäre längst zu erzählen gewesen – die damals verwaiste Bühnenabteilung übernommen. Die letzte Anstellung meines Lebens mit Gehalt, Krankenschein etcetera. Ich begann allmählich, mich einzuarbeiten, es gab da viel zu lesen, was vorlag; doch es war keine rechte Freude in diesem Wirken. Ich war vermutlich nicht sehr tüchtig oder überhaupt nicht tüchtig als Abteilungsleiter. Aber es lief äußerlich angenehm und gut. Dann kam Weihnachten. Mein guter Alfred Ibach hatte „Das himmlische Leben" sofort in seinen Verlag genommen. Zu Weihnachten bekam ich von ihm die zwanzig ersten Exemplare. Ich schenkte eines natürlich dem Alfred Schlee. Der ließ mich zu sich bitten und sagte (wohl jedem Autor, dem es so ergeht!), ich sollte den Vertrag zwischen der UE und mir laufen lassen, solange ich wollte. Doch ich müßte mich nicht mehr an die Arbeitsstunden halten, ich könnte kommen und gehen, wann ich wollte. Und bald, im Januar, war in der Josefstadt die „Barabbas"-Premiere, und damit war ich wieder ein Autor geworden.

Das Abendbuch

7.
Epilog

Wenn Hans die Entstellungen der österreichischen Seele miterlebt hätte – er wäre auf Barrikaden gestiegen und hätte in den Wind geschrieen. – Weil ich im Einleitungstext von Glücksmomenten gesprochen habe: Die Öffnung der Tschechoslowakei war für Hans ein solcher! Wir stecken im Stau auf der Lände im Donaukanal. Unzählige Autos mit fremden Nummerntafeln um uns. Angestopft mit ganzen Familien. Ich mußte die Scheibe herunterlassen, ins Nachbarauto grüßen und freudig einen Tausender hinüberreichen. Und das sehr oft. Siehst du, das ist unser Glück, daß wir das dürfen, meinte er.
Endlich waren wir in der Stadt. Wir verabredeten uns: Ich geh unterrichten, er holt mich um fünf Uhr ab. Hans war nicht pünktlich. Das erregte bei mir große Besorgnis. Das gibt es nicht. Endlich war er da. Etwas verlegen entschuldigte er sich. Ich fing an zu bohren: Bitte sag mir, wo du warst. – Stockend kam das Geständnis: Es war doch so wunderbar, auf der Kärnterstraße die vielen Menschen zu sehen, die zum ersten Mal die Freiheit spüren durften, Auslagen anschauen, die bisher nur in fernen Träumen erlebt waren. – Aber was hast du so lange gemacht? – Ich hab einer Frau Schuhe gekauft. – Einer ganz fremden? – Ja. – Wo? – In einem Geschäft im ersten Stock eines Hauses. – In einem der teuersten?! – Ja. Aber ich bin nicht ganz sicher, ob sie ihr gepaßt haben. Ich glaub, sie hat sich nicht getraut, das zu sagen.

Wochen später habe ich kleine Heiligenbilder aus einem tschechischen Wallfahrtskircherl in seiner Tasche gefunden. Die Frau hatte sich damit für die vielleicht zu engen Schuhe bedankt. Wir haben Tränen gelacht und geweint.
Er hat die Verwandten unserer Groß- und Urgroßeltern mit offenen Armen empfangen.
Ich glaube, heute, nach all den katastrophalen Wirrnissen in dieser Richtung, die er Gott sei Dank nicht mehr erlebt hat, hätte er nur noch geweint.

ERST WANN'S AUS WIRD SEIN

Manchmal, wenn der Wein gewirkt hat, sind große und unvergeßliche Gespräche entstanden, die ich so gern mitgeschrieben und festgehalten hätte, die mir bedeutender vorgekommen sind als alles, was die Schriftsteller geschrieben, die Schauspieler dargestellt, die Maler und Bildhauer geformt haben – von denen vielleicht noch etwas in der Musik der Komponisten eingefangen gewesen ist, die als abstrakteste, ungegenständlichste Kunst noch am ehesten das Unaussprechliche sagen kann. In diesen Gesprächen sind die Melodien aus der Geige herausgetreten, sind wie zufällig Formulierungen und Gedanken dagewesen – großer Witz und großer Ernst –, die es wert gewesen wären, der Welt mitgeteilt und erhalten zu werden. Doch sind sie im Abendwind von Sievering und Petersdorf verweht, ohne Widerhall in die Landschaft hinein gerufen worden. Ich selbst habe nicht wieder wie damals bei deiner Interpretation von „Erst wann's aus wird sein" Distanz genug gehabt, um die Worte und Gedanken zu registrieren. Ich bin mitten drin gewesen im Augenblick, ich habe mitgeredet, mitgeblödelt, mitphilosophiert und Erkenntnisse geäußert, von denen ich nicht gewußt hatte, daß ich sie gewußt habe. Gewaltige Witze vor allem sind ausgesprochen, stürmisch belacht und wieder vergessen worden, und ich glaube, daß diese Leute alle nicht in ihrer Arbeit und nicht in ihrem Privaten, sondern in solchen großen und unvergeßlichen Gesprächen wirklich am meisten sie selbst gewesen sind; das Werk wie der Mensch sind nur Spiegelungen, Schatten dieses Wirklichsten gewesen, das sich in den Augenblick, an die Improvisation verschwendet hat.

Und wenn ich ein Buch über Österreich schreiben könnte, würde ich es im Zeichen dieser Verschwendung schreiben, in der sich der wahre Reichtum so hinreißend und tragisch offenbart: Die großen Gedanken im Gespräch verschleudert, die großen Kräfte im Spiel, in der Andeutung, in der Improvisation erschöpft. Es ist ein Komponist unter uns gewesen, begabter als fast alle Prominenten anderer Länder; man hat ihn Gebrauchsmusik für mittlere Radiosendungen und Zwischenspiele für Schauspielaufführungen schreiben lassen. Ein junger Dichter ist im Hauptberuf Gerichtssaalberichterstatter gewesen, ein anderer, schwer krank, hat in einer Fabrik gearbeitet. Alles Künstlerische in der Literatur, Musik, Malerei und Bildhauerei ist bestenfalls akzeptiert worden, wenn es aus dem Ausland gekommen ist, wo man verwirklicht hat, was bei uns an vielfach reicheren Möglichkeiten auf der Straße gelegen ist.

„Hier muß man ja sterben“, hat einer von uns in einer solchen Nacht einmal gesagt.

„Ja – hier muß man sterben“, hast du geantwortet.

„Warum wandern wir nicht aus? Warum bist du mutwillig hierhergekommen?“

„Weil man hier sterben muß. Dazu muß man doch herkommen. Sonst stirbt man ja nicht hier, sondern anderswo. Was sein muß, muß sein. Man muß hier sterben. Es gibt keine andere Gegend der Welt, in der es erträglich wäre, begraben zu sein. Kennt ihr den Friedhof von Neustift am Wald und den von Kahlenbergerdorf? Wenn ich noch nicht gestorben bin, dann nur, weil ich mich noch nicht entschieden habe, wo ich lieber begraben sein will.“

„Aber man kann hier doch nicht leben.“

„Eben; drum muß man hier sterben. Anderswo kann

man zur Not leben. Was aber ist leben ohne sterben? Wir befinden uns hier in einer sterbenden Stadt. Sie stirbt seit urdenklichen Zeiten mit einem Widerhall, der seinesgleichen sucht – infolge des großen Erfolges wird das Sterben bis auf weiteres prolongiert. Schubert wäre wahrscheinlich anderswo achtzig Jahre alt geworden und Ehrendoktor und Rektor einer Akademie. Hier ist er gestorben, von frühester Jugend an ratenweise Tag für Tag. Wollen wir wehleidiger und genußsüchtiger sein als er? Wer an Wien stirbt, wird unsterblich; drum muß man hier sterben. Um zu sterben, muß man gelebt haben; um hier zu sterben, kommt man nicht drum herum, hier gelebt zu haben. So schön, wie sich's hier stirbt, stirbt sich's nirgends auf der Welt."

Unvollendete Symphonie

EPILOG: JAKOB HARINGER

Und nun zum Abschied ein letzter Bericht.

Zwei Jahre war ich Angestellter im Paul Zsolnay Verlag, Abteilung Herstellung und Vertrieb, das war recht lehrreich, vor allem für meinen Umgang mit dem graphischen Gewerbe. Eine Folge dieser Tätigkeit war eine gewisse Laxheit im Umgang mit Büchern, denn bei Zsolnay gab es Riesenauflagen und Bücher: Probebände, Stärkebände, man konnte herumliegende Bücher mitnehmen, man hatte Rabatt, wenn man Verlagswerke bestellte.

Ich sammle Bücher. Antiquariatskataloge sind für mich eine faszinierende Lektüre. Doch weil ich eine gewisse Laxheit im Umgang mit Büchern mein eigen nenne, fällt es mir nicht so schwer wie normal, mich von Büchern zu trennen. Ich verschenke oft Bücher. Zu den von mir gesammelten Büchern gehören auch die Bücher von Jakob Haringer, den man heute kaum mehr kennt.

Haringer war zu seiner Zeit bekannt, es gibt positive Texte über ihn von Hermann Hesse, Alfred Döblin und anderen. Er war ein Sachse, seine Biographie ist voll von Rätseln, er war ein Rebell, ein Vagant, ein Bettelbriefschreiber großen Formats, ein Radaubruder, ein Schuldenmacher, ein sehr bedeutender Lyriker. Das geht indirekt daraus hervor, daß er von Robert Neumann und von Friedrich Torberg parodiert wurde.

Als ich im Wiener Zsolnay-Verlag bedienstet war, erschienen dort zwei Gedichtbände von Haringer. Und einmal las mir mein Kollege Grünberg die Verse vor:

Ist alles eins,
Was liegt daran,
Der hat sein Glück,
Der seinen Wahn.
Was liegt daran!
Ist alles eins,
Der fand sein Glück!
Und ich fand keins.

Diese Verse hab ich mir seit damals gemerkt. Und als meine Existenz sich 1945 fortsetzen durfte, begann ich, auch Haringer zu sammeln. Ich erfuhr, daß mein Kollege Peter Härtling gleichfalls ein Haringerist ist. Er weiß, daß Arnold Schönberg dieses „mein“ achtzeiliges Gedicht vertont hat, meint aber, daß Haringer dies nicht gewußt habe.

Ich hatte fast alles, was von Haringer erschienen ist, unter meinen Büchern.

Und ich las, daß die Stadt Salzburg eine nach einem sehr üblen rechtsstehenden Autor benannte Salzburger Gasse umbenannt hatte und daß es in der Stadt Salzburg eine Gasse gibt, die nach Jakob Haringer benannt ist.

Da freute ich mich sehr, umso mehr, als es in der Stadt Wien so viele Straßennamen, Platznamen, Gartennamen gibt, die es nicht gibt.

Und ich schrieb der betreffenden Abteilung des Salzburger Magistrats, daß ich der Stadt Salzburg gern meine Haringer-Sammlung schenken möchte. Ich bekam eine freundliche, positive Antwort und die Einladung, die Bücher dem Herrn Bürgermeister persönlich zu übergeben.

Die Evi hatte zugesagt, an einer Anti-Wackersdorf-Veranstaltung im Salzburger Landestheater teilzunehmen, und wir verabredeten uns mit dem Bürgermeisterbüro für den Nachmittag vorher.

Und noch immer strahlender Spätherbst für die Fahrt nach Salzburg. Wir waren vom Land Salzburg, das die Anti-Wackersdorf-Kundgebung veranstaltete, zum Wohnen in das Hotel Österreichischer Hof eingeladen, hatten um ein flußseitiges Zimmer gebeten, kamen bei Tageslicht an, öffneten das Fenster und sahen auf die „schöne Stadt“, wie sie am schönsten ist, und die Evi nahm sofort ihre Malsachen und porträtierte die Aussicht auf die Front am linken Salzachufer. Dann gingen wir durch den Mirabellgarten zum Schloß Mirabell, wo die Stadt Salzburg, die man auf dem herrlichen Stiegenhaus erreicht, zu Hause ist, in das Büro des Bürgermeisters, ich brachte einen Koffer mit Büchern und Broschüren, tat den Haufen auf den Tisch und schob ihn zum Herrn Bürgermeister hinüber. Dann gingen wir durch den Mirabellgarten zurück, es war finster geworden. Am nächsten Tag war die Anti-Wackersdorf-Kundgebung im Landestheater, am nächsten Tag brachte die Evi am Fenster noch zwei wohlgelungene Aquarelle zustande, dann fuhren wir zurück nach Wien, und in wenigen Tagen, am 29. November, ist mein Lebensalter achtzigeinhalb.

Und seit gestern muß ich versuchen, damit fertig zu werden, daß der Erich Fried nicht mehr lebt.

Das Abendbuch

III.

Zeilen der Erinnerung

12. VIII. 1991 –
In diesen Augusttagen – ich hatte keine Proben – verbrachte ich viele Stunden in der Wohnung von Hans Weigel in der Burggasse. Helle, große Räume, eine lichte, gute Atmosphäre: Bücher, Bücher, Manuskripte in Stößen, Zeitgeschichte in Türmen – ein Chaos, aber wohlgeordnet. Hans wußte genau, wo was zu finden war: Du gehst ins erste Zimmer links hinein, auf dem dritten Stapel rechts unten in der fünften Mappe des siebenten Stoßes liegen fünfzig Manuskripte, da holst du das dritte von oben heraus. Auf diese Weise konnte ich ihm Dinge bringen, die er plötzlich wiederzusehen wünschte.
Ich rufe ihn an: „Ich habe die Bewerbungsschreiben sämtlicher Autoren für die ‚Stimmen der Gegenwart' gefunden."
Er: „Bring sie mir sofort."
Eine halbe Stunde später der Anruf von Fritzi: „Komm schnell nach Haus!"
In Bewußtlosigkeit erreiche ich ein Taxi. Als wir den Matzleinsdorfer Platz überquerten, kam wie ein Blitz das Erkennen in mein Gehirn – in mein Herz: Hans lebt nicht mehr.

Es ist September 1993. Ich gehe von der Probe im Theater in der Josefstadt mit meinem kleinen Hund zu Fuß zum Michaelerplatz. Durch den Volksgarten, den Spielplatz meiner Kindheit, über den Heldenplatz in einer besonderen Ruhe und seltenen Heiterkeit. Ich treffe Frau Inge Sowinetz. Kurt und sie waren ewige Freunde von Hans gewesen. Wie das halt so ist, hatten sie einander in den letzten Jahren selten gesehen, und als Kurt Sowinetz starb, war das für Hans einer der wuchtigen Schläge, die ihn tief ins Herz getroffen haben.

Er ist an seinem Grab gestanden und hat den Abschied gesprochen.
Die Begegnung mit Inge Sowinetz tat mir in diesem Augenblick gut, ich hatte Zeit, wir setzten uns auf eine Bank, und es entstand ein Gespräch, das ich mir schon lange gewünscht habe und dessen Zeitpunkt man nicht vorbestimmen kann. Wir redeten über unsere Theaterarbeit, über unsere Hunde, über verschiedene Themen, die uns beide interessierten, und dann war der Moment meiner Frage da:
Inge, Sie waren der letzte Mensch, der mit Hans gesprochen hat, bevor er uns verlassen hat. Es war ein Telephonat. Es war zehn Minuten vor seinem letzten Augenblick.
Sie sagte, ja, ich weiß es genau, weil meine Haushilfe mir während des Gespräches zugewinkt hat. Sie mußte zum Autobus, der um fünf Uhr fährt.
Bitte erzählen Sie mir alles genau.
Sie begann, mir ihre Unentschlossenheit zu beschreiben, die Scheu, die sie hatte, Hans anzurufen, weil sie ihn so lange Zeit nicht gesehen hatte. Sie wollte mit einer Bitte kommen, trug die Absicht, ein Gespräch mit ihm zu führen, lange mit sich herum. An diesem Nachmittag faßte sie in einem entschiedenen Moment den Mut und rief ihn an. Ich wollte den genauen Wortlaut wissen.
Da sagte sie: Ich weiß jedes Wort. Das vergesse ich nie. Ich wählte die Nummer in Maria Enzersdorf, er meldete sich. Es war eine Stimme, die mir so eigenartig vorkam, ich hatte das Gefühl, sie kommt aus einer anderen Welt. Ich sagte: Hans, hier Inge. Er war erfreut, heiter. Wie geht es dir? – Ja, ganz gut. Wie geht es dir, Hans? – Danke, ja, mir geht's gut. Was kann ich für dich tun? – Ich habe ein Buch fertig, das an Kurt erinnert, ich wünsche mir ein Vorwort. – Für dich tue ich alles gern, sag dem Verlag, er

soll mir ein paar Zeilen schreiben, und du hast es gleich. – Danke, Hans. – Hab's gut, Inge. Leb wohl.
Inge beschrieb mir ihre Aufregung. Ihren so starken Eindruck von diesem Telephonat. Die Gedanken, die in ihrem Kopf kreisten: Das war der liebe Gott aus dem „Liliom". Ich hab grad mit ihm gesprochen.
Diese Stimme war nicht wirklich, sie war wie aus diesem Stück, vorletzter Akt.
Sie erzählte mir, wie sie nicht im Haus bleiben konnte, wie sie mit ihrem Hund hinausgelaufen ist – Herzklopfen, Verwirrung, sie hatte die Stimme im Ohr, die soeben zu ihr gesprochen hat, und sie wußte, daß in diesem Moment etwas geschehen ist. Ihre Tochter Dunja kommt gelaufen: Im Radio haben sie soeben gesagt, daß der Hans nicht mehr unter uns ist.
Inge hat diesen Tod erlebt.
Immer, wenn ich über den Heldenplatz gehe, halte ich Ausschau nach dem Menschen, der die letzten Worte von Hans gehört hat, die fröhlich und gütig waren.

QUELLENHINWEISE

Die Texte stammen aus folgenden Werken Hans Weigels:

Ad Absurdum
Satiren, Attacken, Parodien aus drei Jahrzehnten.
Verlag Styria, Graz Wien Köln 1980, 2. Auflage 1981

Apropos Musik
Kleine Beiträge zu einem großen Thema.
Verlag Styria, Graz Wien Köln 1982 (vergr.)

Blödeln für Anfänger
Aussichtsloser Versuch der Bewältigung eines in dieser Form nicht zu bewältigenden Gegenstandes.
Diogenes Verlag, Zürich 1963 (vergr.)

Das Abendbuch
Egozentrische Erinnerungen und Berichte unter tunlichster Aussparung des allzu Privaten und religiös Konfessionellen.
Verlag Styria, Graz Wien Köln 1989

Das Schwarze sind die Buchstaben
Ein Buch über dieses Buch.
Verlag Styria, Graz Wien Köln 1983

Das kleine Walzerbuch
Residenz Verlag, Salzburg 1965 (vergr.)

Der exakte Schwindel
oder
Der Untergang des Abendlands durch Zahlen und Ziffern.
Verlag Styria, Graz Wien Köln 1977, 2. Auflage 1977

Der Nebelspalter
Hrsg. von Werner Meier Léchot, Rorschach

Die Leiden der jungen Wörter
Ein Antiwörterbuch.
Artemis Verlag, Zürich und München 1974 (vergr.)

Die tausend Todsünden
Ein lockeres Pandämonium.
Verlag Styria, Graz Wien Köln 1988

Flucht vor der Größe
Sechs Variationen über die Vollendung im Unvollendeten.
Verlag Styria, Graz Wien Köln 1978

Gerichtstag vor 49 Leuten
Verlag Styria, Graz Wien Köln 1981

Große Mücken, kleine Elefanten
Vierzig Plädoyers für das Feuilleton.
Artemis Verlag, Zürich und München 1980 (vergr.)

In Memoriam
Verlag Styria, Graz Wien Köln 1979

Karl Kraus
oder
Die Macht der Ohnmacht.
Christian Brandstätter Verlag, Wien 1986

Man kann nicht ruhig darüber reden
Umkreisung eines fatalen Themas.
Verlag Styria, Graz Wien Köln 1986, 4. Auflage 1987

Masken, Mimen und Mimosen
Henry Goverts Verlag, Stuttgart o. J. (vergr.)

Nach wie vor Wörter
Literarische Zustimmungen, Ablehnungen, Irrtümer.
Verlag Styria, Graz Wien Köln 1985

O du mein Österreich
Versuch des Fragments einer Improvisation für Anfänger und solche, die es werden wollen.
Steingrüben Verlag, Stuttgart 1956 (vergr.)

1001 Premiere
Hymnen und Verrisse
Band 1 und 2
Verlag Styria, Graz Wien Köln 1983

Unvollendete Symphonie
Verlag Styria, Graz Wien Köln 1992